Baumhaus

Jonas Eichberger

Eine Übersicht der wichtigsten Personen befindet sich am Ende dieses Buches.

FÜR TRISTAN

1984-1998

1

Der Sportunterricht war langweilig, wie immer. Zirkeltraining und im Anschluss eine Runde Volleyball. Dabei scheint die Sonne und man hätte Fußball spielen können oder Beachvolleyball. Was man so im Juli macht.

Wie immer blieb Sören als Letzter übrig, als es darum ging, die Mannschaften zu bilden. Irgendwie tut er mir auch leid, aber in meiner Mannschaft wollte auch ich ihn nicht haben. Es ist gar nicht seine trampelige und trottelige Art. Vielmehr riecht er schon ohne jede körperliche Anstrengung unangenehm. Dieser Effekt steigert sich beim Sport ins Unermessliche, sogar im Winter. Ein ganz fieser, scharfer Schweißgeruch mit einer Note Kuhstall. Aber ja, am Ende ist er eben doch nur eine arme Wurst. Ja, das bin auch ich irgendwo, aber ich stinke nicht und bin sportlich und die Frauen fahren auf mich ab. Leider. Wieso leider? Weil sie mich nerven. Dieses Getue von denen geht mir so tierisch auf den Sack. Die sind ja auch immer so langweilig. Mit denen kann man nicht über Technisches sprechen oder über Schwänze. Okay, vielleicht doch über Schwänze, aber das wäre für mich so geil wie Ethikunterricht bei Pfarrer Mückenhaupt. Ja, der heißt echt so und der Name ist Programm. Dessen Gehirn kann nicht größer sein als das einer lästigen Stechmücke.

Der Schlusspfiff zum Ende des Sportunterrichts war nicht nur eine Erlösung, es ist das Startsignal für das einzig Gute am Sportunterricht. Nackte Jungs unter der Dusche! Das Beste: Sören wird das Gesamtbild nicht stören, weil er Körperpflege für Teufelszeug hält. Er zieht sich immer nur einen Pullover über das verschwitzte T-Shirt, seine speckige Jeans an und legt sich etwas Deo auf, welches nach Raumspray Marke Bahnhofsklo riecht. Nun ja, die olfaktorische Kakophonie kommt ja nicht von ungefähr.

Nun ist er weg.

Sportlehrer Twist nutzt die letzten Möglichkeiten aus, Jungs zu tätscheln. Bei mir wird er sich das nicht trauen, schon der Gedanke daran, dreht meinen Magen auf links. Wenigstens kam er bisher nie in die Dusche und auch nur selten in die Umkleide. Es ist ihm wohl nicht verborgen geblieben, dass er den Ruf eines Pädophilen hat. Sein Verhalten hat er deshalb jedoch kaum geändert. Eher gar nicht. Irgendwann wird ihn das eklige Gefummle gewiss vors Gericht führen, aber die Konsequenzen werden vermutlich lächerlich gering ausfallen. Ermahnung oder Geldstrafe. Wenn überhaupt. Ist doch immer so. Wieso denke ich überhaupt über den schmierigen Twist nach?

So, jetzt duschen. Hehe.

Ich muss den Ablauf mit dem von Birger synchronisieren. Er ist der mit Abstand heißeste Boy. Nicht nur in meiner Klasse, sondern auf dem gesamten Gymnasium.

Sein Vater ist ein hoher Militär in Lagerlechfeld. Dort, wo bis vor ein paar Jahren die Tornados flogen. Jagdbombergeschwader sowieso. Das habe ich mir nie merken können. Mich haben die Soldaten stets mehr interessiert als das militärische Drumherum.

Birger ist jetzt seit zwei Jahren bei uns in der Klasse. Vorher hatte er in Schleswig-Holstein gelebt. Dort ist er wohl auch geboren worden. Das habe ich nie richtig kapiert, weil er so oft umgezogen ist. Egal. Norddeutsch auf jeden Fall.

Ich finde den Akzent so mega heiß. Immer schon. Dazu hat er das Aussehen einer Werbefigur für die Ostsee oder für Parfüm aus Skandinavien, oder so. Er ist noch 17 und etwas größer als ich. Etwas über eins-neunzig. Hellblonde Haare und braungraue Augen, die in der Sonne funkeln und mich fast um den Verstand bringen. Dann noch dieses markante Kinn. Grübchen hat er dort keine. Aber wäre wohl auch zu viel verlangt. Hihi.

Wenn er mich anschaut, steht die Erde still. Das könnte er ruhig öfter tun. Mich anschauen.

Ich gebe mich betont cool, setze mich auf die Bank, hole mit einer langsamen und gleichmäßigen Bewegung meine Adidas-Sporttasche hervor und stelle sie neben mir ab. Möglichst unauffällig beobachte ich Birger, der breitbeinig und leicht nach vorne gebeugt, an seinem Handy herumfummelt.

Ich ziehe die Flasche Pepsi light aus der Tasche und nehme erstmal einen großen Schluck.

Fast hätte ich mich verschluckt. Das wäre verdammt uncool gewesen. Ich war so auf den Birger fixiert, dass ich gar nicht bemerkte, dass fast alle Mitschüler nach dem Umziehen gegangen waren. Frank war bestimmt wieder als Erster aus der Dusche zurückgekommen. Er ist auch so ein Kandidat, der gerne mal müffelt und das Duschen eher alibimäßig betreibt, weil er sich schon manchen Spruch über seine Ausdünstungen hatte anhören müssen. Aber so schlimm wie bei Sören war es nie gewesen. Huch, auf einmal ist auch der Twist weg. Wow, ich bekomme ja gar nichts mehr mit.

Verflixt, wann geht der denn endlich? Warte! Kann es sein, dass ER MICH abpassen will? Oder geniert er sich und will die Dusche für sich allein? Nein, das kann nicht sein. Sonst marschiert er doch auch mit dem Pulk zusammen in die Dusche. Genieren tut er sich nicht. Wieso auch?

Ich schaue auf die Uhr. So langsam müsste ich mich ans Duschen machen. Na ja, dann los! Ich stehe auf, drehe mich um, und ziehe mein T-Shirt hoch. In einer bemüht ebenso gleichförmigen Bewegung, wie ich es in der Cola-Werbung gesehen habe.

Warte, hat der Birger eben ruckartig auf den Boden geschaut? Beobachtet er mich etwa?

Hey, ich glaube, der hat wirklich geguckt. Ich kann mich ja auch sehen lassen. Aber so einen trainierten Bauch wie er, wie Birger, hat keiner. Mit mir waren die Gene gnädig. Sonst hätte ich eine Plauze wie mein Vadda.

Ich ziehe die Sporthose herunter und die Socken mit einem Finger vom Fuß, so dass sie senkrecht zu Boden fallen. Birger sah auf.

Mein Schwanz befindet sich nicht ganz im Ruhezustand. Halbsteif auch nicht. Viertelsteif vielleicht. Wäre kein Problem gewesen, so wirkte er noch imposanter. Ich habe mir beim Warten oder davor beim Sport die Boxershorts mit Vorsaft versaut. Präejakulat. Ich habe es vorher gar nicht bemerkt. Hoffentlich hat Birger den fetten, dunklen Fleck nicht bemerkt. Sonst würde er noch denken, ich hätte mich eingepisst. Mega peinlich. Obwohl, selbst darauf stehen ja manche Männer. Früher habe ich immer gedacht, dass das nur hässliche, perverse Typen waren, die Pisse geil fanden. Aber das stimmt gar nicht. Viele sind echt recht hübsch. Mich selbst erregte es nicht so sehr. Wobei selbst das mit Birger zu tun gewiss krass geil wäre.

Na ja, also einen heißen Kerl anpinkeln… testen würde ich das schon gerne. Oder er mich…

Hagen quetscht sich an mir vorbei. Das ist immer so. Der Kerl ist irgendwie immer im Weg. Ich glaube manchmal, der macht das mit Absicht. War er es wirklich? Der ist doch heute gar nicht beim Sport gewesen. Der schaut einem beim Duschen immer ungeniert auf die Nudel. Kein Wunder. Sein Schwanz sieht aus wie eine geplatzte Weißwurst. Eine sehr kleine geplatzte Weißwurst. Ja, ja, ich schaue auch. Aber nicht so auffällig.

Die Boys in diesem Datingportal hatten gesagt, dass mein Schwanz besonders heiß sei. Ich selbst kann das ja nicht beurteilen. Okay, im schlaffen Zustand schon, aber Harte hatte ich ja live noch nicht so viele gesehen und die in den Pornos sehen alle irgendwie anders aus. Die meisten Schwänze in Pornos sind auch beschnitten. Dass diese Penisse in der Welt der Gays weniger begehrt waren, das hatte ich schon herausbekommen. Die Beschnittenen.

Beste Voraussetzungen für mich also.

Das warme Wasser fällt auf meinen Kopf und läuft meinen Körper hinab. Das Gefühl nach dem Sport war für mich immer schon das Geilste. Keine Ahnung, wieso Stinke-Sören freiwillig darauf verzichten konnte.

Ich habe die Augen geschlossen, um sie vor dem Schaum zu schützen. Als ich sie wieder öffne, bemerke ich Birger. Direkt neben mir. Wie konnte der unbemerkt die Dusche direkt neben mir starten? Er hätte leicht einige Meter Abstand einhalten können, aber er steht neben mir. Sein Schwanz und mein Schwanz kaum 50 cm voneinander entfernt. Okay, das waren sie in der Aula auch häufiger schon gewesen, wenn wir nebeneinander saßen und die Deppen von der Theatergruppe sich wieder zum Affen machten mit dem Kasperletheater. Aber dann waren sie stets gut verpackt, unsere Schwänze. Leider.

Was war das? Hat sein Ellenbogen meinen Oberkörper gestreift?

„Sorry, Lias."

„Macht nix!", kam es, wie aus der Pistole geschossen. ‚Das nächste Mal bitte 30 cm tiefer.'

Birger seift sich ein, wie ein Model aus einer Duschgel-Werbung. Und er sieht aus wie ein Model aus einer Duschgel-Werbung. So sinnlich, aber gleichzeitig nicht aufgesetzt oder gestellt.

‚Das ganze Theater mit der Verzögerung muss sich lohnen, jetzt versuche mal, einen Blick auf seinen Schwanz zu erhaschen. Diesmal nicht nur eine Millisekunde bitte. Ich weiß, wenn es mir gelingt, brauche ich heute Abend keinen Porno als Vorlage zum Wichsen.'

Gott, hört sich das armselig an. Aber er ist nun mal der Geilste der Welt.

Dass er seine Front zu mir gedreht hat, macht die Sache leichter. Aber hey!

Der Birger hat einen Ständer! Und was für einen! Ich hatte erwartet, dass auch sein bestes Stück sehr ansehnlich sein würde, aber das haut mich jetzt doch um.

Ich bin so perplex, dass ich es nicht verbergen kann und Birger bemerkt es.

„Sorry, ich habe lange nicht mehr….“

„Für so einen Ständer muss man sich nicht entschuldigen, Maus. Respekt.“

Jetzt dreht er sich doch weg. Verdammter Mist. Hätte ich was Anderes sagen müssen? Ich Idiot! Und wieso nennst du den Maus? Ich Trottel!

Noch während ich darüber nachdenke, sagt er, ohne mich anzusehen:

„Ganz unschuldig bist du aber nicht!“

Ich schluckte hörbar. Hat er das jetzt echt gesagt?

Kneift mich mal jemand? Was soll ich antworten? Lass jetzt bloß keine peinliche Stille entstehen.

„Haha, danke.“ Und ein Schlucken, aber diesmal war es das

Wasser, welches mir in den Rachen läuft.

Elias, du Depp! Pack die Sau beim Schwanze!

„Um ehrlich zu sein, musste ich mich auch etwas zusammenreißen."

„Ich sehe es!"

Mir wird ganz heiß. Ich schaue nach unten und mein Schwanz stand zum Himmel. Wie immer, wenn er besonders hart war, lag die Eichel fast frei.

„Das sollten wir ausbauen", sagte Birger noch. Dann war er so plötzlich weg, wie er erschienen war.

Ich drehe das Wasser auf arschkalt, um den Ständer abzubauen. Es gelingt mir nur teilweise. Aber es reicht, dass es nicht sofort auffällt, wenn ich mit dem Handtuch zurück in die Umkleidekabinen komme.

Dort sitzt plötzlich wieder der schmierige Twist und redet mit einem übertrieben mitfühlendem Gesichtsausdruck auf den kleinen Manuel ein. Ich kann mir denken, um was es wieder geht. Manuel ist eine Heulsuse und empfindlicher als ein Soufflé in Zugluft. Deshalb mache ich auch stets einen großen Bogen um ihn. Er hatte sich bei Anderen deshalb über mich beschwert, dass ich ihm aus dem Weg gehe, aber das interessiert mich null.

Jetzt, wo der widerliche Twist den Raum betreten hat, wirkt der Raum auf mich, wie er tatsächlich war. Abgefuckt, verbraucht, ungemütlich und muffig. So wie Twist selbst mit seinem Buckel, den strapsigen Haaren und der beknackten Metallbrille, deren schwarzer Lack schon an vielen Stellen abgeplatzt war.

Es beschleicht mich etwas Enttäuschung, weil das alles nur ein kleiner Moment war. Ob er mich nun nicht weiter beachtet? Alles auf Anfang?

2

Er steigt vor mir die Holzleiter zu meinem Baumhaus hinauf. Es grenzt an ein Wunder, dass ich nicht daneben trete, habe ich doch nur Augen für ihn und im Moment für seinen knackigen Arsch. Nein, da kann ich nicht mithalten. Verstecken muss ich mich und meinen Hintern auch nicht, aber das ist doch noch eine andere Liga. Mein bestes Stück drückt in der engen Jeans und kann es kaum erwarten, endlich befreit zu werden. Nun steht mein Traummann in meinem Baumhaus und sagt kein Wort. Er schaut mich lediglich an, mit diesen wahnsinnigen Augen, die auch mich fast um den Verstand bringen. Ich bin überhaupt nicht nervös, dabei hatte ich immer erwartet, dass ich super aufgeregt sein werde, wenn ich mit Birger allein sein würde. Also allein war ich schon mit hübschen Männern, aber dabei spielte Erotik keine Rolle. Das war etwas anders. Bissl lecken, Blasen, Rumsauen halt. Aber Erotik war das nicht. Das ist jetzt anders, es ist so heiß, dass ich befürchte, dass der Holzverhau sofort in Flammen aufgehen könnte.

Er fixiert mich und ich befürchte, dass ich verlegen werden könnte. Verlegen, ich? Guter Witz! Er zieht das enge Shirt hoch, stülpt es über den Kopf und lässt es am ausgestreckten Arm auf den Boden fallen. Ich gehe nur einen Schritt auf ihn zu und er zieht mich sofort an sich heran. Ganz fest drückt er mich an sich. Sein Oberkörper ist so straff, dass es sich fast anfühlt, als drückte mich jemand an eine Betonwand.

Ich spüre Birgers Penis und er müsste meinen knallharten Schwanz eigentlich auch bemerken können. Es ist, als glühten unsere Lenden. Birger löst sich etwas aus der Umklammerung. Oh wow, er geht vor mir auf die Knie. Er streichelt meine Beule und schaut mich von unten mit seinen wahnsinnig schönen dunklen Augen an. Mein Schwanz pocht. Birger küsst meine Beule ausgiebig. Ich hoffe, dass er ihn bald auspackt, sonst drehe ich durch oder spritze direkt ab. Jetzt öffnet Birger den obersten Knopf. Stück für Stück arbeitet er sich bis zum untersten Knopf vor. Er zieht die Hose etwas auseinander, gerade so weit, dass er meinen Schwanz mit seinen Lippen durch die Lacoste-Pants berühren kann. Mein Penis ist jetzt so hart, wie er wohl noch nie war. Es beginnt langsam zu schmerzen. Ich bitte Birger ihn auszupacken, er zieht meine Hose herunter und steht auf, damit er mich küssen kann. Es saugt so heftig an meinem Hals, dass mir ein Knutschfleck sicher ist, aber es juckt mich nicht. Er greift um mich und steckt seine Hände in meine Hose und greift nach meinen Arschbacken. Sanft massiert er sie. „Essen ist fertig!"

Elias schreckt auf. Wirtschafterin Agnes steht lächelnd in der Tür und Elias kapiert langsam, dass er auf seiner Couch eingenickt war.

„Scheiße!", war alles, was er hervorbrachte. Er zog die Decke zurecht, so dass sein Schritt verdeckt war. Er hoffte, dass Agnes seinen Ständer und die vom Vorsaft tropfnasse Boxershort nicht gesehen hatte.

„Hast wohl einen schönen Traum gehabt?", fragte Agnes grinsend. Dann ging sie.

„Scheiße", fluchte Elias und musste dann aber auch gleich wieder grinsen.

„Jetzt erst recht", sagte er leise, als er ins Bad ging.

Er wusch sich seinen Penis am Waschbecken und zog sich eine frische Boxershort an.

3

Ralf Dollinger war spät dran. Wie immer. Aber er legte Wert darauf, mittags nach Hause zu fahren, um in Ruhe essen zu können. Er hatte es eine Zeit lang bleiben lassen und es hatte ihm nicht gutgetan und seinen Angestellten auch nicht. Er brauchte die Pause, um sich ordnen zu können, herunterzukommen.

Es dauerte mit dem Wagen nur knapp 5 Minuten von der Firmenzentrale seines Unternehmens bis zu dem Anwesen am Stadtrand. Dort lebte er zusammen mit seiner Frau Birgit und seinem Sohn Elias. Wirtschafterin Agnes lebte drei Kilometer entfernt in einem Einfamilienhaus, welches für sie allein viel zu groß geworden war. Zwei Jahre zuvor war ihr Mann, der zeitlebens Nichtraucher gewesen war, an Lungenkrebs verstorben. Seither hatte sie es nicht mehr ganz so eilig, nach Hause zu kommen.

Sie war Mitte vierzig und immer noch eine attraktive Frau. Ihr langes, blondes Haar trug sie stets zum Zopf gebunden. Nur zu besonderen Gelegenheiten, vor allem wenn sie ihr Dirndl anzog, ließ sie es sich von einer Freundin zum Bauernzopf oder einer Herzerl-Frisur flechten. Die schlimmen Zeiten, der Kampf gegen den Krebs, währenddessen ihr Mann und sie längst wussten, dass er nicht mehr zu gewinnen war, hatte Spuren in ihrem Gesicht hinterlassen. Jedoch hatte sie immer noch eine starke Ausstrahlung, die auch der Männerwelt nicht verborgen blieb. Eine neue Beziehung schloss sie jedoch aus. Vorerst zumindest.

Das Anwesen der Dollingers hatte Ralfs Großvater erbaut und es war eigentlich viel zu groß für die kleine Familie. Außerdem mit den vielen kleinen Zimmern unpraktisch geschnitten.

Der Eingang lag in einem Erker, der exakt mittig in der Fassade angeordnet war. Darüber der Balkon des Elternschlafzimmers. Die Fenster im Erdgeschoss und dem ersten Stock, die links und rechts angeordnet waren, hatten alle die gleiche Größe. Zwei Dachgauben im zweiten Stock waren aufwändig verziert worden, viel Gold, viel Kitsch. Es hatte erst im letzten Jahr ein Spezialunternehmen aus Holland die Bemalung restauriert.

Es verschlang ein Vermögen, das Anwesen und den dahinter liegenden Garten, an den sich ein kleiner Wald anschloss, in Schuss zu halten. Das Gästehaus hatte Ralf abreißen wollen, aber es kam ihm der Denkmalschutz dazwischen. Es hatte ihn nicht weiter interessiert. Elias und seine Mutter hatten es geärgert, dass aufgrund der eng geschnittenen Zimmer des Haupthauses und der Auflagen der Bauaufsicht kein Wellnessbereich hatte eingebaut werden können. Schließlich hatte Ralf für einen hohen sechsstelligen Betrag ein Flachdach-Gebäude errichten lassen, welches ein 15 Meter langes und 5 Meter breites Schwimmbecken beherbergte, Sauna, Solarium, Kältekammer und Infrarotkabine. Man wollte ihm die Baugenehmigung dafür nicht erteilen. Mit etwas „Kleingeld für den Zuständigen“, wie er es nannte, hatte es dann doch geklappt.

Ralf selbst hatte die Wellness-Oase zuletzt kaum genutzt. Abgesehen von einem gelegentlichen Feierabendbier auf der Sonnenliege am Beckenrand. Am meisten nutzte es Elias mit seinen Kumpels, aber jetzt, im Hochsommer, bevorzugen auch sie das Freibad oder den Badesee.

Ralf Dollinger stellte den Audi auf dem Kiesweg vor dem Haupteingang ab und ging über die drei Stufen hohe Marmortreppe ins Haus. Das Knirschen, welches die breiten Reifen auf dem Kies hinterlassen hatte, verriet Agnes die

Ankunft des Patriarchen frühzeitig.

Es schlug ihm schon in der Empfangshalle, aus der links liegenden Küche, der Duft von Schupfnudeln entgegen. Sauerkraut und Speckwürfel. Er liebte es. Die Kochkünste von Agnes waren über all die Jahre nicht spurlos an ihm vorübergegangen. Einst ein drahtiger, athletischer Mann, hatten die Jahre seine Plauze mehr und mehr anwachsen lassen. Bier und Schnaps taten ihr Übriges.

„Sie können servieren", rief Ralf in Richtung der Küche und steuerte auf den danebenliegenden Speisesaal zu.

Dort hatte Elias bereits Platz genommen. In der rechten Hand sein Smartphone, in der linken eine Gabel. Er reagierte nicht, als sein Vater den Raum betrat, schaute gelangweilt auf das Display.

„Die ist gerade auf Klo, glaube ich", sagte Elias beiläufig, ohne aufzusehen.

Ralf setzte sich schwerfällig auf seinen Stammplatz am Kopf des schweren Eichentisches, der den dunklen hohen Raum noch ungemütlicher, noch bedrückender, werden ließ. Eine dunkle Holzdecke, dicke Vorhänge und die kitschigen Gemälde längst vergangener Zeiten nahmen dem Raum jegliche Freundlichkeit. Eines der Gemälde zeigte Ralfs Vater in der Pose eines Wehrmachtkommandeurs. Elias hatte gewitzelt, dass das Gemälde seinen Großvater eins zu eins zeige. Er war ein kleiner, giftiger Mann. Elias hatte ihn noch kennengelernt, da war der Großvater schon über 90.

Agnes kam mit einem Tablet hinein und servierte dem Hausherrn das Gericht, welches er schon im Eingang gerochen hatte. Dazu reichte sie einen Teller mit appetitlich angerichteten Mixed Pickles und dem Weißbier, welches er zu fast jedem Gericht serviert bekam. Stets eine halbe Maß, aber er trank kaum die Hälfte davon, wenn er noch fahren musste.

Seine Tischmanieren passten nicht zu der noblen Umgebung. Er hielt die Kabel in der Faust wie ein Verhungernder, der nach Tagen unfreiwilligen Fastens, gierig die erste Mahlzeit in sich hinein schaufelte. Auch die Geschwindigkeit, mit der er den Teller leerte, passte dazu. Ein Strang Sauerkraut klebte an seinem Kinn. Er bemerkte es zunächst nicht. Während er aß, gab er Grunzlaute von sich, was sowohl Elias als auch seine Mutter auf die Palme brachte. Elias war gleichzeitig erlöst und genervt, als sein Vater schließlich eine Konversation mit ihm begann.

„Wie war's in der Schule?"

‚Als ob es dich interessieren würde, aber wenn du es genau wissen willst- der Birger hat neben mir einen Ständer bekommen.'

„Joa, wie immer, gä?! Und selbst?"

„Agnes, bring' mal gleich den zweiten Teller."

Ralf schwankte bei Agnes immer zwischen ‚du' und ‚Sie'. Agnes interessiere es nicht. Der einzige Hausbewohner, den sie duzte, war Elias. Sie stand schon im Dienst der Familie Dollinger, als Elias noch gar nicht geboren war.

„Was habt ihr so gemacht?", fragte Ralf, wirkte aber nicht wirklich interessiert.

„Zuletzt ging es um die Wannseekonferenz."

„Geschichte, hm?", fragte der dicke Mann mit vollem Mund.

„Hmm, ja Geschichte."

Elias hatte seinen Vater immer noch nicht angesehen.

„Das war 45, oder? Nee, eher 46, als die Siegermächte zusammenkamen. Eisenhower und die alle."

„Joa, so ungefähr."

Natürlich lag sein Vater falsch, wie in allen Dingen, die nicht unmittelbar mit dem Geschäft zu tun hatten.

„Hoffentlich bläht mich das nicht wieder so. Ich muss gleich noch auf Mingga."

„Hmm, was ist da los?", fragte Elias nach einer kleinen Weile.

Sein Vater war offenbar schon wieder in Gedanken weit weg.

„Hallo???"

„Was meinst, mein Sohn?"

„Ich habe gefragt, was du in München willst?", hakte Elias nach und gab sich keine Mühe, seine Genervtheit zu unterdrücken.

Sein Vater legte seine Gabel lautstark auf den Teller ab.

„Horch mal, Bub. Ist es eigentlich unbedingt nötig, dass du mitten in der Nacht noch Schlagzeug spielst? Das Getrommel hört man ja bis zum Pfarrhaus. Das geht doch auch etwas leiser, wenn du mich fragst. So ein toller Drummer bist du ja nun auch nicht."

Ralf lachte schmierig. Sein dicker Bauch, über dem sich das weiße Hemd spannte, bebte. Elias befürchtete, dass ihn die Hemdknöpfe wie Geschosse im Gesicht treffen könnten.

„Zumindest kein besserer als dein Alter", ergänzte Ralf.

Elias hatte seinen Vater am Schlagzeug gehört. Es war scheußlich gewesen, ihm zuzuhören. Aber ihn belasteten die provokanten Sprüche seines Vaters nicht. Er hatte einige Drum-Covers auf YouTube hochgeladen und fast nur positive Reaktionen erhalten. Sein Vater meinte, dass es nur Frauen seien, die ihm Likes hinterließen, weil er so niedlich aussähe. Das war aber nicht die ganze Wahrheit. Auf jeden Fall schimmerte bei den negativen Kommentaren der Neid durch.

Ob es an Elias Aussehen lag, an dem sündhaft teuren Roland-Schlagzeug mit ebensolchem elektronischem Zubehör zum Aufzeichnen und Mischen der Videos, darüber hatte Elias nie nachgedacht. Er hatte schon als Kind das erste Schlagzeug bekommen. Ein elektrisches Set. Es sollte seine überschüssige Energie abbauen helfen. Aber das hatte nicht funktioniert und die Garnitur wurde durch ein natives Schlagzeug ersetzt. Bei gewissen Dingen hatte Elias das dringende Bedürfnis, stets das Neueste und Beste zu besitzen. Eine Marotte, an der seine Eltern nie etwas ausgesetzt hatten- sie kauften es ihm einfach. Öfter wurde ihm vorgeworfen, seine Eltern nur auszunutzen. Er hatte darüber nachgedacht und kam zu dem Schluss, dass es schon okay sei, solange seine Eltern dadurch das Gefühl bekämen, sich um ihren einzigen Sohn zu kümmern. Der Zug zum Thema ‚von Beruf Sohn' war ohnehin nicht mehr aufzuhalten. Irgendwann würde ihm das ganze Vermögen, die ganzen Habseligkeiten, vererbt werden. Sich demonstrativ in der Zeit davor in Enthaltsamkeit zu üben, kam ihm verlogen vor. Aber es war ihm wichtig, die Schule abzuschließen und anschließend ein Studium seiner eigenen Wahl zu beginnen. Es war sein Plan B und auch für sein Ego wichtig.

Vor Jahren hatte er etwas von einem Kriminalfall in Nürnberg gehört. Da gab es einen Onkel, der kinderlos war. Er hatte seinem Neffen gesagt, wenn du brav Jura studierst, wirst du das Autohaus und alle Immobilien und alles erben. Die Bedingung war, dass er bis zum zweiten Staatsexamen durchhalten müsse. Wozu man ein Jurastudium benötigt, wenn die Aufgabe darin besteht, ein Autohaus zu führen und Immobilienbesitz zu verwalten, hatte Elias nie kapiert. Aber das war der Wille des Onkels und der Neffe hat sich auf diesen seltsamen Deal eingelassen. Jedoch kam es so, dass der Neffe das Studium irgendwann abbrach und der Onkel keine Ahnung davon hatte. Ihn hatte er stets in dem Glauben gelassen, dass das mit dem Studium laufe wie geschmiert. Und nicht nur ihn, sondern sein gesamtes Umfeld. Auch seine Freundin. Mit der Zeit fiel der Neffe mehr und mehr in Ungnade und wurde sogar schließlich zum Teufel geschickt. Hausverbot! Auslöser war jedoch nicht das geflunkerte Studium, sondern seine Unfähigkeit. Schließlich, kurz bevor die Lüge mit dem Studium aufgeflogen wäre, tötete er seinen Onkel in dessen Haus, durchsuchte das Büro nach Testamenten und vernichtete die letzte Version, in dem als Erben wohltätige Organisationen bedacht waren.

Dieser Fall hatte Elias damals schwer beschäftigt und er hat sich geschworen, sich niemals in solch eine Abhängigkeit zu begeben. Das Erbe in dem Fall in Nürnberg fiel schließlich einem Cousin des ermordeten Onkels zu. Der Neffe nahm sich in der JVA das Leben, nachdem die Revision abgewiesen worden war und das Urteil rechtskräftig.

„Ich hätte da eine Idee", sagte Elias und legte das Smartphone auf den Tisch. Aus seinen Augen blitzte der Lausbub, der er im Grunde immer noch war. Er schob den Teller beiseite. Er hatte die Schupfnudeln aus dem Sauerkraut gefischt und auch die Speckwürfel liegen lassen.

Sein Vater reagierte nicht.

„Du könntest mir doch das Baumhaus bauen lassen. Das hattest du mir schon zur Einschulung versprochen. Dann hättet ihr im Flur oben eure Ruhe."

Ralf nestelte an seinem Handy.

„Ja, das könnte man."

Elias wusste, dass die Antwort nichts wert war, weil sein Vater wieder nicht richtig zuhörte. Er hatte sich eigentlich nie wirklich für seinen Sohn interessiert, auch, wenn er hin und wieder versuchte, den Eindruck zu erwecken. Besonders erfolgreich war er damit nie gewesen und Elias hatte sich damit abgefunden. Nur in schwachen Momenten wünschte er sich, es wäre ganz anders. Aber jetzt war kein schwacher Moment.

„Also regelst du das?"

„Ja, ich regele… was regele ich?"

Elias verdrehte die Augen.

„Na, das Baumhaus bauen lassen! Habe ich doch gerade gesagt."

„Für das Schlagzeug? Da wird es doch nass und Strom hast du da auch keinen."

Agnes betrat den Raum und fragte, ob jemand einen Schokoladenpudding zum Nachtisch wollte. Elias gab ihr ein Zeichen, dass er zwei Schüsselchen wünschte. Ralf hatte nicht reagiert, und Agnes darauf verzichtet, nachzuhaken.

„Ich will ja keinen Bretterverhau, sondern was G´scheits. So wie diese Baumhäuser, die für Glamping angeboten werden."

„Glamping? Was ist das jetzt wieder für ein Schmarrn?"

„Glamour und Camping. Oder Camping für verwöhnte junge Männer."

Elias grinste breit.

„Bub, ich habe gerade so viel am Hals. Du bist alt genug, dich selbst darum zu kümmern. Entweder kümmerst du dich selbst oder sag es der Elvira. Die findet schon jemand, der sowas macht."

Elvira war Ralfs Sekretärin und gefühlte 100 Jahre alt. Wenn Elias ihr das Zepter übergeben würde, so endete das Projekt letztlich doch mit einem Bretterverhau. Dazu würde sie noch passendes Mobiliar beschaffen. Es würde aus Kacheltisch und Ohrensessel bestehen und Tapeten, welche die Augen würden tränen lassen. Wie bei ihr daheim.

„Ja okay, dann ist das abgemacht?“, fragte Elias.

Ralf stand auf, klopfte Elias auf die Schulter.

„Du bist ja groß, du schaffst das schon.“

Noch bevor Elias etwas hätte erwidern können, hatte sein Vater den Raum verlassen und kurz darauf hörte man schon wieder die vier Reifen des Audi A8 auf dem Kiesbett scharren.

Elias grinste, als Agnes ihm den Pudding servierte. „Du bist mir einer“, sagte sie und verließ lächelnd den Raum.

Elias schaufelte den Pudding mit dem großen Löffel, welchen er vorher nicht benötigt hatte, in sich hinein und eilte auf sein Zimmer.

Er legte sich auf sein Bett und dachte über das Baumhaus nach. Aber es würde nicht sein Proberaum für das Schlagzeug werden, es wäre seine Liebeshöhle. Seine und die von Birger.

Bei dem Gedanken begannen die Schmetterlinge in seinem Bauch zu flattern. Das war DIE IDEE. Es wäre gar nicht viel Glamour nötig. Schönes Licht, ein wasserdichtes Dach, eine feuersichere Heizung. Er ging in Gedanken durch, wie er es anfangen würde. Lange Zeit verging jedoch nicht, bis er schließlich zum Telefon griff und seinen alten Kumpel Dominik anrief.

Agnes hatte das Gespräch mitbekommen. Sie klopfte und wartete auf das typische genervte „Ja doch“. Sie blieb nach dem Öffnen der Tür stehen.

„Proberaum für deine Trommeln, hmm?“

Elias versuchte ernst zu bleiben.

„Ja, ja klar, wieso?“

„Mein Junge, du bist für mich ein offenes Buch. Du willst dir eine Liebeshöhle bauen!“

„Was? Ich meine, wie zur Hölle hast du das rausgefunden?“

Agnes trat an das Bett und setzte sich.

„Ich kenne dich schon ein paar Tage. Tu mir nur einen Gefallen und mach es gescheit. Nicht, dass dir auf halber Strecke wieder die Puste ausgeht.“

Bei jedem anderen hätte Elias sich mit einem Spruch abgewendet. Bei Agnes war das anders. Sie war eine der wenigen Personen, vor denen er Respekt hatte. Vielleicht die Einzige.

„Ruf mal den Achim an. Der wird nicht viel Zeit haben, aber bestimmt hat der ein paar gute Tipps und Ideen.“

Achim war Agnes’ Bruder. Halbbruder. Nicht der hellste Kopf, aber ein begnadeter Handwerker, welches ihm einen bescheidenen Reichtum beschert hatte. Mehrere Häuser hatte er in erbärmlichem Zustand gekauft und fast allein hergerichtet und beim Wiederverkauf erhebliche Gewinne erzielt.

Elias wollte gerade Achims Nummer anwählen, als Agnes noch einmal zurückkehrte.

„Übrigens, wer ist denn der Glückliche?“, fragte sie augenzwinkernd.

„Woher…? Wieso…?“

Agnes lachte kurz auf und ging zurück. Elias lief rot an.

„Denk dran, übertreib´s ned wieder, hörst?“, rief ihr die Wirtschafterin noch aus dem Korridor zu.

4

Nachdem Oberstleutnant Wolfgang Heiß die Versetzung nach Lagerlechfeld, südlich von Augsburg, angekündigt worden war, hatte er mit seiner Familie zwei Besuche in der Region unternommen, um sich nach Wohnungen umzuschauen. Das erste Angebot, eine Blockwohnung in Landsberg, fiel sofort durch. Die Nachbarschaft hätte überwiegend aus Soldaten und zivilen Mitarbeitern des damals dort beheimateten Lufttransportgeschwaders bestanden. Seiner Frau gefiel jene Wohnung am Ziegelanger sogar recht gut, aber die Aussicht, Kameraden, Untergebene, auch nach Dienstschluss, ständig über den Weg laufen zu müssen, missfiel Wolfgang Heiß sehr. Seiner Frau hätte es weniger ausgemacht, aber sie fügte sich schließlich ihrem Mann.

So war die Wahl auf eine Neubauwohnung in Untermeitingen gefallen. 120 Quadratmeter und ein großer Balkon. Das hatte ihm vorgeschwebt und deshalb hatte er auch sofort nach der Besichtigung zugesagt, noch bevor seine Frau die Wohnung gesehen hatte.

Den Umzug hatte die Bundeswehr bezahlt, aber die Miete von über 1600 Euro kalt war auch für jemanden mit der Besoldungsgruppe A15 kein Pappenstiel, zumal er der einzige Verdiener in der Familie war.

Sohn Birger hatte von sich aus früh begonnen, für Geld zu arbeiten. Tochter Femke, Birgers Schwester, ebenso. Wolfgang jedoch lebte den vernünftigen Umgang mit Geld nicht konsequent vor. Der Wagen der Familie war eigentlich ein bis zwei Nummern zu groß für seine Verhältnisse und regelmäßig gab er Geld aus, für Dinge, die eigentlich nicht gebraucht wurden oder an denen er das Interesse bald verlor und es dann mit großem Verlust verkaufte. Seine Wintersportausstattung hatte den Wert eines kleinen Jahreswagens, doch benutzt hatte er sie kaum. Er hatte Birger die Erlaubnis, die Ausstattung zu nutzen, verweigert. Als seine Tante Rosi, die Schwester von Wolfgang Heiß, zum Urlaub da war, hatte er abends lange mit ihr auf dem Balkon gesessen und geredet. Er beklagte diese widersinnigen Entscheidungen seines Vaters und wollte wissen, ob er diese Wesenszüge schon immer gehabt habe. Rosi, die in jeglicher Hinsicht überhaupt nichts mit ihrem Bruder Wolfgang gemein hatte, verneinte es. Er sei zwar immer sehr zielstrebig gewesen, aber der gesunde Menschenverstand habe erst mit dem Eintritt in die Bundeswehr gelitten. Zu oft hatte er unsinnige Befehle befolgen müssen. Befehle, die oft mehrfach verändert wurden. Das habe einen gewissen Schaden hinterlassen. „Aber im Grunde ist er doch ein guter Typ, dein Papa", hatte Rosi gesagt und Birger hatte zugestimmt. Aber die Macken seines Vaters gingen ihm zunehmend auf die Nerven. Auch wusste er überhaupt nicht einzuschätzen, wie er reagieren würde, wenn er sich ihm gegenüber eines Tages als homosexuell outen würde.

Femke, Birgers Schwester, war seine engste Vertraute und beste Freundin. Sie hatten früh gelernt, ihre Probleme miteinander zu besprechen. Vor allem in den Zeiten, da Wolfgang Heiß für Monate im Auslandseinsatz war und ihre Mutter entsprechend oft überfordert, hatten sie sich gegenseitig gestützt und sich durch jede Krise geholfen.

Hinter vorgehaltener Hand wurde gesagt, dass die Tochter eher nach der etwas einfach gestrickten Mutter kam, während Birger den brillanten Kopf seines Vaters geerbt habe. Als dies einmal ein Typ aus der Nachbarschaft laut aussprach, brach Birger ihm mit einem gezielten Schlag das Nasenbein. Es hatte keine Konsequenzen gehabt. Dem großmäuligen Nachbarsjungen war es peinlich und er behauptete, gestürzt zu sein.

Femke war die einzige, die es bemerkte und ihn eines Tages darauf ansprach. Er hatte seine Neigung stets gut versteckt, verschleiert, mit allerlei Tricks. Dabei hatte er es schon lange vor der Pubertät bemerkt, dass bei ihm etwas anders war.

Es würde wieder spät werden, hatte Wolfgang Heiß bereits am Morgen angekündigt. Irgendwas mit Beurteilungen, die er ausarbeiten oder eröffnen müsse. Birger hatte es nicht richtig mitbekommen. Er hatte mit der Bundeswehr und allem, was damit zusammenhing, nichts am Hut. Gleichwohl verteidigte er seinen Vater, wenn jemand das Wort „Zivilversager" in den Mund nahm. Das waren in der Regel Menschen, die seinem Vater, zumindest im Hinblick auf Ausbildung, nicht das Wasser reichen konnten.

Nach außen hin wirkte Birger ausgeglichen. Er zeigte nicht, was für ein innerer Kampf in ihm ausgebrochen war. Er hatte eine Beziehung mit Susann begonnen. Aber er liebte sie nicht. Noch nie. Die Beziehung hatte einzig den Sinn, die nervigen Nachfragen der Eltern, wann er denn endlich eine kleine Freundin mit nach Hause bringen würde, zu beenden. Er fühlte sich schrecklich deshalb. Susann war ein bildhübsches Mädchen und würde alles für ihn tun. Aber er fühlte sich stets unwohl, wenn er mit ihr allein war. Deshalb versuchte er immer, Kumpels oder Schwester Femke bei sich zu haben, wenn Susann da war. Sie hatte einmal vorsichtig ihren Unmut darüber geäußert, dass die Zwei kaum Zeit für sich hatten. Er graute sich vor dem Moment, wenn er am Ende des Tages, vor allem am Wochenende, schließlich mit Susann allein war. Sie würde mit aller Kraft darauf hinwirken, dass sie Sex bekäme.

Sie schaffte es auch, durch viel Stimulation, eine Erektion zu erreichen. Er brachte es dann stets so rasch wie möglich hinter sich. Meist dachte er währenddessen an die Pornos, die er zuletzt gesehen hatte. Gay-Pornos. Wenn er sie von hinten nahm, dachte er auch an reale Personen. Meistens war es Elias und der Orgasmus war dann immer besonders schön. Einmal wäre ihm während des Aktes beinahe der Name herausgerutscht. „El.... ist das geil."

Seine Schwester hatte ihn ermahnt, reinen Tisch mit Susann zu machen, aber auch sie wusste, dass es leichter gesagt als getan war. Femke versuchte, sich bei ihren Ratschlägen etwas im Zaum zu halten. Sie dachte an all die Oberschlauberger, die depressiven Menschen rieten, sich nicht so anzustellen oder Alkoholikern, dass sie einfach keinen Schnaps mehr kaufen sollten. So ein Mensch war sie nicht und so wollte sie auch niemals sein. Aber es tat ihr weh, dass Birger nicht so leben konnte, wie er es gerne wollte. Sie war sich sicher, dass er einen Weg finden könne. Ob er diesen Weg aber würde gehen können, solange er noch von seinem Vater abhängig war, wagte sie zu bezweifeln.

Es hatte Königsberger Klopse zu Mittag gegeben. Danach war er in sein Zimmer gegangen, hatte sich die sündhaft teuren Kopfhörer von Bowers&Wilkins aufgesetzt und die Playlist auf Spotify gestartet.

Zu den Klängen von Ed Sheeran und Amy Whinehouse lag er auf dem Bett, starrte auf die Decke und dachte an Elias. Er dachte an die erste Begegnung. Es hatte ihn elektrisiert. Dieser Junge war besonders. Nicht nur äußerlich. Wobei ihm die Wuschelfrisur schon sehr gefiel. Wie ihm alles Außergewöhnliche stets gefiel. Immer schon. Er mochte das Ungestüme, das Wilde, das Kompromisslose. Birger hatte sehr oft darüber nachgedacht und letztlich war er sich sicher, dass das auch etwas mit Eigenschutz zu tun hatte. Die Anderen hielten Elias für einen verwöhnten Bengel und das mochte auch ein Teil der Wahrheit sein, aber eben nicht die ganze Wahrheit.

Manchmal wäre er gerne wie er. Einfach herausposaunen, wenn einem etwas nicht passte oder aufregte. Das konnte

Birger nicht. Er war es oft leid gewesen, immer neutral bleiben zu müssen, damit niemand ihn hasste. Aber diese Gefallsucht wurde mehr und mehr anstrengend. Nur in extremen Fällen schaffte er es nicht, aber dann war auch körperliche Gewalt im Spiel. Wer gewisse Grenzen überschritt, dürfe sich nicht wundern, eine in die Fresse zu bekommen.

Aber stolz war er nicht darauf. Viel lieber würde er solche Menschen mit einem gezielten Spruch kalt stellen können. Wie Elias. Ob der jemals eine Schlägerei hatte? Mitbekommen hatte er es nie.

Birger hatte oft beim Onanieren an ihn gedacht. Es reichte sein Kopfkino aus, um einen schönen Orgasmus zu erlangen. Manchmal war seine Vorstellung so lebendig, dass er sein Stöhnen kaum noch unterdrücken konnte. Es war ganz anders als das Gewichse vor den Pornos. Es war romantisch, sinnlich, authentisch. Er war wie weggetreten, wenn er daran dachte, mit Elias Sex zu haben. Er schmunzelte ob seiner Gedanken, aber wurde sofort wieder ernst. Es war ihm bewusst, dass sich etwas ändern müsse. Die Sehnsucht nach Sex mit einem Jungen wurde übermächtig. Seine Gedanken kreisten nur noch um das Thema. Er überlegte, ob es auch der Grund dafür sein könnte, dass seine Leistungen auf dem Gymnasium zuletzt nachgelassen hatten. Seinem Vater hatte das gar nicht gefallen. Seine Mutter hatte ihm einen ‚schlauen Tipp' gegeben, den er sofort vergessen hatte. Es war, wie immer, einfältiger Quatsch.

Was Elias wohl gerade machte? Vermutlich wäre der den ganzen Tag unterwegs. Vielleicht mit seinem Kumpel, diesem blassen Kerl. Er kam nicht auf den Namen, irgendwo hatte er ihn einmal aufgeschnappt. ‚Ob die beiden es schon einmal getan haben?´

Birger versetzte es einen Stich bei dem Gedanken, dass dieser Junge das vorher hatte, wonach er selbst sich so sehr sehnte. ‚Nein, der wird ihn kaum anmachen und er würde die lange

Freundschaft nicht mit Sex aufs Spiel setzen. Oder vielleicht doch?

Der Gedanke, dass Elias sich gerade mit einem anderen Mann vergnügen könnte, zog seine Stimmung in den Keller.

Er hatte heute nach der Schule schon gewiss ein Dutzend Mal WhatsApp geöffnet und geschaut, wann Elias das letzte Mal online war. Er wollte ihm etwas schreiben. Etwas, was nicht zu allgemein oder banal sein durfte, aber auch nicht zu deutlich. ‚Aber wieso eigentlich nicht. Der Kerl hatte unter der Dusche neben mir eine Latte?!´

Er brachte den Mut nicht auf.

Birger hatte in der schwulen Datingapp nach Callboys geschaut. Aber die gefielen ihm alle nicht. Schmierige Kerle, meistens übermäßig tätowiert und ohne Ausstrahlung. Die Vorstellung, an so einen Kerl die Jungfräulichkeit zu verlieren, stieß ihn ab. Es war eine Schnapsidee. Außerdem wollte er, dass Elias sein erster Mann sein solle.

Er hatte nie einen Jungen kennengelernt, der über eine solche Ausstrahlung verfügte, wie Elias. War es so, weil er nie wirkliche Sorgen im Leben gehabt hatte, als Sohn eines mehrfachen Millionärs? Nein, das konnte es nicht sein. Solche Leute hatten auch Kummer und Sorgen. Nur eben nicht wegen des Geldes.

Es musste ein Geschenk der Natur gewesen sein. Oder ob er es von den Großeltern geerbt hatte? Die hatte Birger nie kennengelernt. Aber auf dem Schulfest war seine Mutter gewesen. Die sah ganz anders aus. Sie hatte glatte, strähnige Haare. Sein Vater, Ralf Dollinger, hatte eine Halbglatze und einen Wohlstandsbauch. Der hatte sich die ganze Zeit am Kuchenbuffet aufgehalten und mit den Großkopferten geredet. Jeder im Umkreis von 50 km wusste, wer Ralf Dollinger war. Jeder wollte mit ihm reden. Jeder fand ihn interessant. Birger fand ihn eigentlich auch nicht unsympathisch, aber er musste daran denken, dass jemand, der so viel Geld angehäuft hat, niemals freundlich würde sein können, ohne Hintergedanken zu haben. Ganz falsch lag er mit dieser Mutmaßung nicht.

‚Ob der früher auch Locken hatte?'

Birger musste schmunzeln. Die Vorstellung von Ralf Dollinger mit vollem Lockenkopf war absurd.

Egal woher er es hatte. Er hat es. Ein süßes Strahlen in den Augen, welches die Sonne aufgehen lassen konnte, selbst an einem grauen Herbsttag.

Es kribbelte im Bauch und in seiner Hose, als er an Elias dachte. An seinen ebenmäßigen Schwanz. Kerzengerade und mit dezenter Äderung, soweit er es in dem kurzen Moment unter der Dusche erkennen konnte.

Elias hatte nicht die 22 cm, wie er selbst. Aber das wäre vielleicht auch ganz gut so, wenn er irgendwann den passiven Teil beim Analverkehr übernehmen würde.

Die Gedanken ließen seinen Penis mehr und mehr anwachsen. Er hatte nicht bemerkt, dass seine Boxershort vom Präejakulat bereits nass geworden war.

Er versuchte, die Lust zu unterdrücken. Der Zeitpunkt schien ihm unpassend, aber schließlich hielt es nicht mehr aus. Er öffnete den Hosenbund und zog seine Hose ein Stück weit herab. Er streichelte seine Beule eine kleine Weile und sein Schwanz entfaltete sich mehr und mehr. Schließlich war er so steif, dass seine Eichel unter dem Gummibündchen der Shorts komplett hervorragte. Es durchlief ihn ein Schauer, als er an seine Eichel fasste.

Dann zog er die Boxershort herunter und streifte sie sich ab. Er war nicht sicher, ob er die Tür versperrt hatte, aber es war ihm in dem Augenblick egal.

Er nahm seine ganze Pracht in die Hand und begann sie zu stimulieren. Den Höhepunkt wollte er so weit wie möglich hinauszögern. Er dachte an Elias und an die Szene im Duschraum. Als er merkte, dass diese ‚Vorstellung' zu sehr zündete, lenkte er seine Gedanken auf die Nachbarin. Gertrude Heidemann. Eine fürchterliche alte Jungfer.

Aber auch dieser Trick half heute nicht. Er vermochte kaum, sein Stöhnen zu unterdrücken, als sein Schwanz das Sperma heraus schleuderte. Diesmal war nichts im Gesicht gelandet. Aber er würde das T-Shirt wechseln müssen. Und duschen.

5

Birgit Dollinger hatte ihre Freundin Charlotte besucht. Charlotte Gmeiner und sie waren der gleiche Jahrgang. Die Mittfünfzigerin war schon vor fünfzehn Jahren Witwe geworden. Ihr Mann Otto war ein Baulöwe gewesen. Er hatte das Unternehmen bald verkauft, nachdem die Ärzte ihm gesagt hatten, dass er die Krebserkrankung kaum länger als ein halbes Jahr überleben würde. Es war ihm der Bauchspeicheldrüsenkrebs noch nicht anzusehen gewesen und niemand hat es gewusst, als er sich auf die Kaufangebote eingelassen hatte. Ein New Yorker Investor hatte ihm schließlich eine hohe zweistellige Millionensumme gezahlt. In der Weltwirtschaftskrise hatte das amerikanische Unternehmen schwer gelitten und war schließlich pleitegegangen. Ein Umstand, über den Charlotte Gmeiner sich regelmäßig amüsierte. Vor allem, wenn sie ein Glas Wein zu viel getrunken hatte. Und das war fast täglich der Fall und man sah es ihr mehr und mehr an. Auch die professionelle Kosmetik vermochte den Alkoholabusus nicht zu verbergen. Die Augen glasig, die Wangen eingefallen. Der Tremor, das Zittern, welches einsetzte, wenn sie eine Weile nichts getrunken hatte, wurde auch immer schlimmer und sie konnte es kaum verbergen. Wenn sie Gästen Wein einschenkte, tauschten die peinlich berührte Blicke aus. Aber Charlotte merkte es nicht.

Birgit Dollinger war zuletzt immer seltener bei Charlotte Gmeiner zu Besuch gewesen. Es war furchtbar anstrengend, immer wieder die gleichen Geschichten zu hören und überhaupt, die Unterhaltungen waren stets ohne jeglichen Tiefgang. Charlotte Gmeiner hatte keine nennenswerten

Fähigkeiten. Sie war eine mittelmäßige Sekretärin gewesen, bis der dicke Otto sie schließlich heiratete. Sie konnte einzig mit ihrem Vermögen glänzen. Birgits Mann, Ralf, scherzte einmal, dass selbst die Putzfrau der Hausherrin intellektuell haushoch überlegen war. Aber es war keine Übertreibung. Er lästerte über den Tick Charlottes, ausschließlich mit 200-Euro-Scheinen zahlen zu wollen. Sie wurde regelmäßig abgewiesen und musste letztlich doch die Kreditkarte zücken.

Birgit Dollinger hatte sich aus der unseligen Runde losreißen können, mit der Begründung, noch etwas in der Maximilianstraße einkaufen zu müssen. Es war nur ein Katzensprung, jedoch nutzte Birgit das Auto, um der Gastgeberin nicht noch einmal begegnen zu müssen, wenn sie das Auto holen würde. Charlotte Gmeiner hätte unter anderen Umständen vorgeschlagen, Birgit begleiten zu wollen, aber glücklicherweise erwartete sie am späten Nachmittag noch ihren Anwalt, wie sie lallend erklärte. Birgit nahm sich vor, beim nächsten Mal eine bessere Ausrede parat zu haben. Vielleicht würde sie Elias mitnehmen und ihn zum Shoppen schicken. Er würde es nach der Rückkehr mühelos schaffen, sich aus den Fängen der Charlotte Gmeiner zu lösen.

‚Ja ja, erzähl ´ s dem Friseur, ich hab zu tun. Auf, jalla, jalla jetzt ‘, und dabei würde er auf seine Apple Watch Ultra tippen.

Birgit hatte ein paar sündhaft teure T-Shirts für Elias gekauft und für sich selbst ein Paar Schuhe. Sie hatten ihr eigentlich gar nicht gefallen, aber sie wollte den Laden nicht mit leeren Händen verlassen, nachdem sie ein Dutzend Paar Schuhe anprobiert hatte.

Als sie das Dollinger-Anwesen erreichte, stand rechts vom Haus ein Mercedes Sprinter. Es war ein Wagen der Firma Dollinger. Sie konnte sich keinen Reim darauf machen, was der Wagen dort zu suchen hatte, und stellte den Porsche 992 Carrera auf ihrem Stellplatz vor dem Haus ab. In die Garage fuhr sie selten, nachdem sie den Wagen, kaum eine Woche alt, am vorderen linken Kotflügel beschädigt hatte. Wochenlang hatte Elias darüber gewitzelt und Ralf hatte mitgemacht. Er hatte unzählige Male erklärt, wie lange er bereits unfallfrei fuhr. Birgit hatte gelernt, einfach wegzuhören und die Sticheleien auszublenden, aber manchmal trafen sie doch ihr Ziel und Birgit schnappte ein.

Sie nahm die beiden Tüten vom Beifahrersitz und ging ums Haus herum. Die Einkaufstüten baumelten im Wind.

Der schwere Transporter hatte tiefe Spuren im Rasen, der von den Gewittern der letzten Abende und Nächte, noch aufgeweicht war, hinterlassen.

Sie warf einen Blick in den Laderaum des Transporters. Es befanden sich darin Balken und Bretter und Sperrholz-Platten. Weiter hinten war noch mehr Material, welches sie jedoch nicht richtig erkennen konnte. Auf dem Ausläufer der rückwärtigen Terrasse standen Kartons mit Werkzeugen. Kreissäge, Stichsäge, Winkelschleifer und eine Werkzeugbank.

Birgit erschrak, als jemand sie ansprach.

„Hallo Frau Dollinger."

Birgit fuhr herum. Die Einkaufstaschen schlugen gegen den Sprinter.

„Ja Dominik, ich grüße dich. Bist du unter die Handwerker gegangen?"

Dominik war Elias' bester Freund. Sie kannten sich schon seit dem Kindergarten.

Ihre Wege hatten sich nach der vierten Klasse getrennt, als Elias aufs Gymnasium und Dominik auf die Hauptschule wechselte, aber der Kontakt zwischen den beiden war nie abgebrochen. Es war in der Vergangenheit einige Male zu einer mehrere Wochen andauernden Funkstille gekommen, meistens wenn Elias wieder einmal über die Stränge geschlagen hatte. Aber ganz ohne Elias konnte Dominik nicht sein. Er hatte nicht viele Freunde. Die Klassenkameraden ödeten ihn an. Birgit Dollinger empfand etwas Mitleid mit ihm. Er war einst ein süßes Kind gewesen. Heute war er ein dicklicher junger Mann, der überhaupt keinen Schlag bei Frauen hatte.

Selten erzählte Elias von den Versuchen Dominiks, eine Frau kennenzulernen. Sie endeten stets in einer Katastrophe. Dominik litt sehr darunter, versuchte es sich jedoch nicht anmerken zu lassen. Es gelang ihm nicht. Seine Traurigkeit und Verzweiflung umgaben ihn wie eine Nebelwolke.

„Heimwerker? Nicht ganz“, sagte er und deutete lächelnd hinter sich.

Da kam Elias anmarschiert. Verschwitzt, mit Latzhose und Arbeitsschuhen. Unter der Latzhose trug er nichts. Birgit musste bei dem Anblick schmunzeln.

„Ich hab dir was mitgebracht, mein Engel“, sagte Birgit und hielt die Einkaufstüten hoch.

„Super, danke, aber nicht jetzt“, sagte Elias, lud sich ein Paket mit 10 sägerauen Brettern auf die nackte Schulter und marschierte wieder hinters Haus.

„Wie geht es dir denn so? Und deinen Eltern? Der Elias erzählt ja nie etwas“, beklagte Birgit. Ihr Interesse war aufrichtig.

Dominik wurde verlegen, aber Birgit bemerkte nicht, dass er errötete.

„Die… die haben sich getrennt. Mein Vater ist ausgezogen.“

„Ja, ist es denn…? Wo ist er denn hin?“

Dominik senkte den Blick.

„Er ist zu seiner Freundin gezogen. Nach Füssen."

Birgit war anzumerken, dass sie mit dieser Antwort nicht gerechnet hatte. Verlegen schaute sie auf die Einkaufstüten.

„Oh. Ja und… ich meine… hast du sie kennengelernt?", fragte Birgit und ärgerte sich sofort über die dämliche Frage.

„Ja. Leider."

„Was ist das für eine… Dame."

„So richtig weiß ich das auch nicht. Ich glaube, eine Art Lehrerin. Irgendwie sowas. Keine Ahnung. Interessiert mich eigentlich auch nicht." Birgit nickte betroffen.

„Ich zahle dich nicht fürs Ratschen, Nik", rief Elias, als er zum Transporter zurückkehrte und grinste provokant.

Birgit schüttelte den Kopf und lächelte.

„Lass dich nur nicht von dem Burschen ausnutzen", sagte Birgit und ging, erleichtert, dass Elias sie aus der peinlichen Situation befreit hatte.

Elias setzte sich auf die Ladekante und schaute auf die Uhr.

„Wo bleibt denn der kleine Hermann? Der kann ruhig auch mal mit anpacken."

Hermann war ein Lagerarbeiter und das Mädchen für alles in der Augsburger Niederlassung der Firma Dollinger. Er hatte Elias schon häufiger bei Dingen geholfen, die er allein nicht hätte erledigen können. Grobe Arbeiten. Oder solche, auf die er schlicht keine Lust hatte. Aber das war diesmal anders. Er hatte große Lust.

Hermann kam gerade aus dem Haus, als Birgit hineinging. Er trug, ohne zu zögern und wortlos, die restlichen Pakete aus dem Transporter hinter das Haus.

„Wieso hat deine Mutter eigentlich nicht gefragt, was du hier treibst?“, wunderte sich Dominik.

„Weil sie sich einen Scheiß für mich interessiert. Vielleicht nachher kurz, wenn ich ihr beknacktes T-Shirt trage und sie mit schräg gelegtem Kopf und aufeinander gelegten Händen den Anblick bewundert, als sei ich ein Nashornbaby. Dabei sind die meistens hässlich wie die Hölle. Die Klamotten, die sie anschleppt, meine ich. Nicht die Nashornbabys.“

„Ja, ich weiß. Da hat sich also wohl nichts geändert?“, fragte Dominik.

Elias lenkte rasch ab. Sich vor Augen zu führen, wie wenig Interesse seine Eltern an ihm und seinem Leben zeigten, tat immer noch etwas weh, zumindest manchmal, in Momenten, wo er nicht der selbstbewusste Elias sein konnte oder wollte. Auch, wenn er stets nach außen hin Gleichgültigkeit demonstrierte. Inwendig sah es manchmal düster aus.

6

Das Leben hatte es nicht gut gemeint mit ihm. Oft hatte er darüber nachgedacht, ob sein Leben anders verlaufen wäre, wenn sein Vater kein Drogi gewesen wäre, der schließlich wegen Rauschgifthandels im Knast gelandet war und seine Mutter nur etwas Empathie besessen hätte. Tatsächlich jedoch hatte sie praktisch immer schlechte Laune gehabt und war mit der Erziehung der 5 Kinder hoffnungslos überfordert gewesen. Er hasste seine vier Geschwister. Ohne sie wäre Mutti netter gewesen und Vati hätte sich nicht in den Alkohol geflüchtet.

Diesen Rucksack schleppte er mit sich herum. Die Männer nahmen ihn nicht wahr. Er war kein sehr ansehnlicher Mann. Der Kopf eckig, wenn er versuchte zu lächeln, wurden die ohnehin für einen Mann seines Alters viel zu tiefen Nasolabialfalten noch dominanter, noch tiefer. Die Marinettenfalten waren die eines alten Mannes. Einmal hatte er versucht, mit seinem Grübchen anzugeben, erntete jedoch nur Spott, weil dieses nur einseitig vorhandene Grübchen sein absurdes Aussehen nur noch verstärkte.

Das Einzige, was ihm etwas Halt gab, war eine kleine Schar schwacher Charaktere, die ihm auf Twitter folgte. Jeder mit etwas Verstand merkte schon an dem Profil „Gaydertweetet“, dass der unattraktive Kerl mit dem ekligen Grinsen nicht ganz dicht sein konnte. Er hatte dort jegliche Aktivitäten und vermeintliche Errungenschaften vermerkt. Ein Master in einem unbedeutenden Fachgebiet, den er in Wahrheit nie erreicht hatte, sämtliche Mitgliedschaften inklusive der Funktion des stellvertretenden Kassenwarts im Opel Club Königsbrunn.

All das gab ihm etwas Halt. Aber wenn er das Handy beiseite legte, den Rechner herunterfuhr, half das alles nicht mehr. Dann dröhnte die Luft und die Stimmen wurden lauter, die Stimmen, die ihn nie vergessen ließen, was er am Ende doch für eine jämmerliche Figur war.

Nein, er hatte nie Freunde gehabt. Wenn jemand wirklich Interesse an ihm gezeigt hatte, endete die Verbindung spätestens, wenn sie bei ihm zu Hause zu Besuch waren oder sogar schon, wenn ihnen Andere gesagt hatten, ‚was das für einer ist.'

„Der ist doch dumm und stinkt."

Wenigstens hatte er fortan mehr Augenmerk auf die Körperpflege gelegt, nachdem es ihm zu Ohren gekommen war. Aber heute ließ er es wieder schleifen. Am Wochenende duschte er gar nicht und den spärlichen Bart rasierte er erst, wenn er zu jucken begann.

Er hasste sich selbst. Er hasste seine Vergangenheit und er hasste die Menschen, die nicht nachfragten, warum er so geworden war. „Das ist der Eklige." Punkt. Damit erübrigte sich alles Weitere.

Er hasste seine Homosexualität. Würde er heterosexuell sein, so wäre er längst nicht mehr allein, so glaubte er. Die ganzen Gays in diesen Apps beachteten ihn nicht. Er konnte froh sein, wenn er nicht sofort stummgeschaltet oder blockiert wurde, selbst wenn er nur einen freundlichen Gruß hinterlassen hatte. Was waren das nur für Menschen? Sie hatten seine Freundlichkeit nicht verdient. Er würde sie zu ihrem Glück zwingen müssen. Er hatte es satt, immer und immer wieder auf die Fresse zu bekommen. Er hatte sich vorgenommen, die Hübschesten zu schnappen und stellvertretend für alle, die ihn je verletzt hatten, zu bestrafen.

Es hatte einige Mühe gekostet, ein Profil aufzubauen, welches authentisch wirkte und nicht sofort auffliegen würde. Die Fotos hatte er aus einem ausländischen Instagram-Profil geklaut. Wie die Scheißhausfliegen kamen sie an und wollten alle von ihm gefickt werden. Wenn jemand sich erdreistete, zu schreiben, dass er ihn ficken wolle, rastete er fast aus. Rüde verwies er auf das Profil, in dem ausdrücklich ‚Top only' stand.

Was bildeten die sich nur ein? Jemanden wie ihn ficken zu wollen? Hatten die alle denn keinen Spiegel?

Die Grenzen verschwammen. Oftmals vergaß er, wer er wirklich war. Dann war er nicht der Schmierige, dann war er ein Anderer und der brauchte frische Opfer.

7

Birger war frisch geduscht und nun war ihm langweilig. Und er fühlte sich einsam. Er öffnete die Gay-App. Aber egal, welches Foto er anschaute, er verglich jeden Mann mit Elias und keiner war auch ansatzweise so interessant für ihn. Dabei waren wirklich attraktive Männer zu sehen. Die meisten Profile jedoch waren unbekannt, was meistens bedeutete, dass hinter den hübschen Bildern ganz andere Männer steckten. Oft ältere, die auf diese Weise an Fotos kommen wollten. Catfishing!

Seine erste Unterhaltung war die mit einem 30-jährigen Mann aus Stuttgart. Er war gut gebaut, aber hatte einen seltsamen, fast gruseligen Gesichtsausdruck. Er hatte etwas Bedrohliches. Oder lag es an seiner derzeitigen Stimmung? Seiner Schwäche an diesem Abend?

Der Stuttgarter schrieb, stolz darauf zu sein, die Zehen spreizen zu können. Sein Gesichtsausdruck auf den entsprechenden Fotos verriet die Anstrengung, welche ihm dieses ‚Kunststück' offenbar bereitete.

‚Da hast du recht, das kann ich nicht. Aber dafür gucke ich auf meinen Fotos auch nicht wie ein Serienmörder.'

Birger war stets bemüht, im Chat höflich zu bleiben, aber manche Kerle provozierten ihn mit den bescheuerten Fetischen derart, dass auch er Nerven zeigte. Heute war er nicht in Stimmung für solchen Blödsinn.

Nachdem er die App geöffnet hatte, befanden sich bereits einige Nachrichten im Postfach und auf der Übersicht der letzten Besucher, hatten einige von ihnen Fußtapsen hinterlassen.

‚Netter Pelz' zum Beispiel, was überhaupt nicht zu ihm passte. Er hatte nur einen Flaum auf der Brust und rasierte sich täglich im Gesicht. Aber sein Gesicht war auf den öffentlichen Fotos ohnehin nur angedeutet.

Dann waren da noch Symbole, die Bienen darstellten und die den Wunsch nach Sex zum Ausdruck brachten. Außerdem ein paar ‚Knuddeligs' und einige User fanden sein Profil ‚sympathisch'. Das war dann wohl doch eher auf die Fotos bezogen, überlegte Birger, denn er hatte kaum Text im Profil, weil den ohnehin nie jemand las. Erst recht nicht diejenigen, die immer nur online gingen, um Männer für Sex zu finden. Und das war bei den meisten der dort vorhandenen Profilen der Fall.

Einer der User, die eine Nachricht geschrieben hatten, war gerade online.

‚Allgay2000'.

Birger antwortete auf das ‚Hey, wie geht's.'

‚Hey, ganz okay und du so?' und hängte ein paar Fotos an die Nachricht.

„Auch, danke. Du siehst super heiß aus. Was suchst hier so?"

Birger hasste diese Frage. Was wollten die Boys hören?

‚Ich suche nur jemandem zum Reden?' Reden wollten die alle nicht.

Er umging die Frage:

„Was gibt es denn bei dir zu finden?"

Birger sah sich noch mal die Bilder an. Sie zeigten einen 23-Jährigen mit südländischem Aussehen. Italiener vielleicht? Die Größe von einsdreiundneunzig passte nicht dazu.

Aber der Typ war attraktiv. Dunkler Dreitagebart, athletischer Oberkörper, aber nicht zu übertrieben aufgepumpt. Die Bilder sprachen ihn an.

Nur die Ortsangabe gefiel ihm nicht. Mindelheim wäre mit dem Auto kein Problem. Mit dem Fahrrad zu weit. Verschwitzt zum Date zu erscheinen, war keine Option.

„Guten Sex könntest du finden. Bei Gefallen auch gerne regelmäßig."

‚So geht's dahin'. Birger seufzte genervt.

„Nee, danke. Dafür stehe ich nicht zur Verfügung."

Er wollte die App schließen, war aber auf die Antwort neugierig.

„Ist ja kein Problem. Dann halt bissl quatschen, spazieren, was trinken."

„Klingt schon besser, aber ich sehe da ein Problem."

„Sag! Probleme sind zum Lösen da."

„Du bist in Mindelheim und ich im Lechfeld. Hab leider kein Auto."

„Ist doch kein Ding. Dann komme ich halt zu dir."

„Wenn es dir nichts ausmacht?"

Birger gefiel es, dass dieser sympathische und attraktive Boy bereit war, nur für ihn die Strecke auf sich zu nehmen. Es mussten 40 Kilometer sein, schätzte er.

„Alles cool. Hinterm Netto gibt es doch so einen Wandererparkplatz, oder? Wollen wir uns dort treffen? Oder woanders? So mega kenne ich mich in deiner Gegend leider nicht aus."

Der Vorschlag gefiel Birger. Dort war um diese Zeit keine Menschenseele und er würde nicht Gefahr laufen, dass irgendjemand ihn mit einem fremden Mann sehen würde. ‚Eigentlich auch scheißegal. Irgendwann kommt's eh raus.'

„Sehr gut. Um 19 Uhr 30? Schaffst du das?"

„Locker, war schon duschen. Bis gleich."

Birger würde sich jetzt sputen müssen. Er hatte zwar schon geduscht, aber vor einem Date duschte er grundsätzlich nochmal. Es fühlte sich dann sicherer, attraktiver.

8

Dominik hatte sich rasch verabschiedet. Er kannte Elias und wusste, dass der dazu imstande gewesen wäre, sein Projekt noch an diesem Abend starten zu wollen. Er würde ihm am nächsten Nachmittag zur Hand gehen. Aber Dominik war nicht sehr belastbar und das Tragen von Material und Werkzeug hatte ihn geschlaucht. Die schwüle Hitze hatte ihm zusätzlich zugesetzt. Elias versäumte nicht, ihm eine Spitze bezüglich der schweißnassen Kleidung mit auf den Weg zu geben.

Am Nachmittag hatte er die Erleuchtung gehabt. Ja, die Hausmeisterwohnung würde er auch renovieren lassen. Irgendwann. Aber es war an der Zeit, etwas Eigenes zu schaffen. Etwas, was seine Handschrift tragen würde, etwas, das nur ihm allein gehörte und wo er sich zurückziehen konnte, ohne dass er ständig befürchten musste, dass seine Mutter hineinplatzte. Ein Baumhaus. Sein Baumhaus. Es würde sein Rückzugsort sein und seine Liebeshöhle. Es wäre schwierig, Jungs mit ins Haus zu nehmen und dort mit ihnen zu schlafen. Das würde ihn hemmen. Das gefiel ihm nicht. Ein Baumhaus, weit genug vom Haus entfernt, war DIE Lösung.

Er hatte schon vor Jahren einen geeigneten Baum ausgemacht. Eine alte Eiche. Er würde das Haus so konstruieren, dass der Baum nicht verletzt werden würde. Er hatte eigens dazu dicke Gummi-Profile, die Agnes´ Bruder ihm am Telefon empfohlen hatte, in der Firma mitgehen lassen. Der Baumarkt führte sonst alles, was Achim am Telefon genannt hatte. Nur das Holz würde nicht reichen. Der Rest würde am nächsten Tag geliefert werden.

Die gesamte Konstruktion sollte zwischen den drei dicken Ästen aufliegen und allenfalls durch Abspannungen und Stützen zusätzliche Festigkeit und Stabilität erhalten. Ihm kamen immer mehr Ideen für Details in den Kopf.

Der Gedanke daran, in dem Baumhaus mit Birger zu schlafen, machte ihn wuschig.

Er überlegte, wie er am besten an diesem Abend noch zum Schuss würde kommen können.

Aber der Gedanke an Birger verursachte Gewissensbisse.

Nach dem heutigen Tag würde er immer das Gefühl haben, Birger zu hintergehen. Aber die Lust war heute Abend zu groß. Er saß quer auf dem Bett und überlegte, was er machen konnte. Mehrfach hatte er auf WhatsApp Birgers Profil aufgerufen und sein Foto angeschaut. Dann ging er in den Chat. Die letzte Nachricht von Birger kam anlässlich Elias‘ 18. Geburtstag. Er überlegte und überlegte. Er hoffte, dass oben endlich ‚online‘ erscheinen würde, weil er insgeheim hoffte, dass Birger gerade genauso da saß wie er selbst- zaudernd mit dem Handy in der Hand. Aber es passierte nicht. Heute würde er Birger nicht mehr sehen, fühlen, küssen können. Er überlegte, was er tun konnte.

Das ewig lange Hin und Her mit der Gay-App kam heute nicht infrage. Es müsste ein bereits Bekannter sein. Er legte das Handy beiseite, legte sich aufs Bett und starrte die Decke an. ‚Lass es sein. Du würdest es bereuen. Das wäre kein guter Abschluss für diesen Tag. ‘

Auf seinen Schultern saßen sein liebevoller Begleiter auf der einen Seite und auf der anderen Schulter das Teufelchen, welches ihm einredete, dass andere Mütter auch schöne Söhne hatten. Das Teufelchen hatte es nicht leicht, aber es gewann dieses Mal.

Elias nahm sein Handy und drehte sich auf die Seite. Er

scrollte durch die Kontakte. Da! Der Typ aus Bremen. Elias hatte ihn auch mit ‚Typ aus Bremen' abgespeichert und keine Ahnung mehr, wie sein wirklicher Name war.

Es war egal. Der hatte zwar eine dümmliche Ausstrahlung, war aber recht attraktiv und hatte sogar eine Art Waschbrettbauch. Und er war devot. Elias würde alles mit ihm machen können. Oder auch nicht? Viele Boys vermischten Fantasien im Chat, während sie vermutlich onanierten, mit der Realität.

Aber der Kerl hatte ein paar Fotos geschickt, auf denen zu sehen war, wie jemand ihn im Wald richtig rannahm, auf seine Eier trat, ihm in die Kronjuwelen boxte, auf seinem Brustkorb stand. Ja, der wäre jetzt genau richtig. Die einzige Frage war, ob er Zeit hätte.

Es dauerte nur wenige Sekunden, bis der ‚Typ aus Bremen' auf Elias' „Hey" antwortete.

„Hey Elias, wie geht's dir?"

„Ganz okay. Bissl Lw."

„Ja ich auch. Wann sehen wir uns denn endlich mal?"

Elias checkte das Profilfoto. Es zeigte den ‚Typ aus Bremen' im Urlaub. Braungebrannt lehnte er an einer kreisrunden Mauer, die eine Palme umschloss. Elias tippte auf Gran Canaria.

„Keine Ahnung. Was machst du heute noch?"

„Nix geplant. Magst zu mir?"

‚Läuft doch', dachte Elias.

„Das klingt super. Kannst du mich abholen?"

„Ja, kein Ding. Muss nur noch fix duschen. Gibst du mir die Adresse?"

„Ich könnte auch noch eine Dusche gebrauchen. Wieso kommst du nicht gleich und wir duschen zusammen bei dir?“

„Das lass ich mir nicht zweimal sagen lach“. Elias fand es stets irgendwie gruselig, wenn jemand ‚lach‘ im Chat schrieb. „Gib mir die Adresse und ich bin in 15 min da.“

Elias gab ihm die Adresse des Anwesens. Dann warf er ein paar Wechselklamotten in seine Sporttasche und machte sich auf den Weg zur Straße. Es reichte gerade noch für eine Zigarette. Dann schon kam der altersschwache Golf II, den der ‚Typ aus Bremen‘ stolz und mit geöffneter Motorhaube auf seinem Profil präsentiere, angeknattert.

9

Birger hatte sein teures Savadeck-Rennrad im Fahrradständer des Netto-Marktes abgestellt und das teure, schwere Kryptonite-Schloss angelegt. Es wog gefühlt mehr als das ganze Fahrrad, aber er hatte sich das 3500 Euro teure Gefährt hart erarbeitet und liebte es. Birger war nicht aufgeregt. Eher freudig erregt. Der Typ wirkte nett und er dürstete geradezu danach, sich mit einem schwulen Mann auszutauschen. Das Jägermeister-Tattoo auf dem Rücken des Boys aus Mindelheim störte ihn etwas, aber es würde einem schönen, einem interessanten Abend nicht im Weg stehen. Er sah auf die Uhr. Entfernt am Waldesrand sah er einen Mann und seinen Hund. Der Vierbeiner tanzte um ihn herum, in der Erwartung, das Stöckchen zurückzuholen. Birger wusste, wer es war, aber der war weit genug entfernt, um ihn zu erkennen. Aus dem Hintergrund war vereinzelt das Rauschen der Autos auf der Landsberger Straße zu hören. Nur sehr wenige steuerten den Netto-Markt an und der Parkplatz war bei Birgers Ankunft auch leer gewesen. Er hatte eigentlich schauen wollen, ob ein Auto mit Mindelheimer Kennzeichen dort abgestellt war, aber er hatte es dann doch vergessen.

„Halb! Wenn du mich verarschst, drehe ich dir den Hals um!“, murmelte er vor sich hin.

„Mal sehen, wer schneller ist…“

Birger hatte keine Zeit mehr, sich umzudrehen. Eine riesige Pranke hatte ihm von hinten mit einer ungeheuren Kraft einen Lappen mit Chloroform auf Mund und Nase gedrückt. Er versuchte noch, die Hand herunterzureißen, aber dann schon verlor er das Bewusstsein.

Der Mann sah sich um. Kein Mensch war weit und breit zu sehen. Er bemerkte erst jetzt, dass er eine Ejakulation hatte. Das, was ihm immer seltener bei der Masturbation gelang, passierte jetzt. Ausgerechnet jetzt.

„Das geht ja schon super los“, sagte er leise vor sich hin. Er lachte.

Er zog den kraftlosen Körper Birgers zu seinem Auto und warf ihn in den Kofferraum. Wiederum sah er sich um, aber niemand war zu sehen. Er sprang in den Wagen und fuhr ein Stück weit, bis er sich unbeobachtet und in Sicherheit wähnte. Dort fesselte und knebelte er den bewusstlosen Birger. Als er den Kofferraum zuschlug, durchlief ihn ein Schauer.

„Endlich. Endlich ist es so weit. Das wird toll. Na ja, wenigstens für mich“, flüsterte er in einem seltsamen Tonfall. Birgers Martyrium begann.

10

Langsam kam er zu sich. Sehr langsam. Er fühlte sich wie nach einem Vollrausch. Oder fühlte es sich so an, wenn man einen Holzhammer auf den Kopf bekommen hatte?

‚Wo bin ich hier und wieso stinkt es hier nur so?'

Es roch nach Schimmel, abgestandener Luft und Scheiße. Birger wurde übel.

An der Decke hing ein ‚Russenlüster'. Ein Kabel, eine Fassung und eine schwache Glühbirne. Als er versuchte, sich zu bewegen, bemerkte er einen seltsamen Widerstand am rechten Fuß. Die Betäubung ließ langsam aber stetig nach und nun bemerkte er ein immer stärker werdendes Brennen am Fußknöchel.

Er hob den Kopf. Das Licht der 25 Watt Glühbirne wurde von den dunkelbraunen Wänden fast vollkommen verschluckt. Dennoch erkannte er im fahlen Licht, was das Brennen verursacht hatte.

‚Echt jetzt? Eine Fußfessel? Was für ein bekloppter Traum!'

Aber es war kein Traum. Der Albtraum war die bittere Realität.

Er schaute sich um, doch er konnte nicht viel erkennen. Die Wände seines Gefängnisses schienen aus feuchtem Holz zu bestehen. Sicher war er sich jedoch nicht. Er hatte ein schlechtes Augenmaß. ‚Vier auf fünf Meter? Ja, könnte hinkommen.' Der Gestank schien von unten zu kommen. ‚Moder, Jauche, Schweinescheiße?'

Die Benommenheit ließ keinen klaren Gedanken zu und das schummrige Licht half ihm auch nicht gerade dabei, wach zu werden.

‚Was zum Teufel...?'

Er setzte sich auf, es bereitete ihm große Mühe und Schmerzen. ‚So also fühlt sich das sprichwörtliche frisch gefickte Eichhörnchen? Wo ist der Ausgang? Nein, da ist kein Ausgang. Aber dort.'

In der Türe befand sich im unteren Bereich eine etwa 30 mal 30 Zentimeter große, eckige Öffnung. Was sich dahinter befand, war von seinem Platz aus nicht erkennbar. Hinter dieser Öffnung war es nicht ganz so düster. ‚Vielleicht ein Flur oder Vorraum?´

Neben dem Stahltisch, auf dem er lag, stand eine Art Beistelltischchen, auf dem eine Tafel Schokolade lag. Und eine Flasche Wasser. „Wie nett von dir, Arschloch!"

Birger nahm die Flasche, drehte den Verschluss ab, roch an der Öffnung und nahm einen kleinen Schluck.

Als er sich sicher sein konnte, dass es wirklich nur Wasser war, trank er die Flasche halb leer.

Nun erst bemerkte er, dass seine Hose geöffnet war.

Was war nur geschehen?

Er überlegte und überlegte, doch er kam zu keinem Schluss, wie er dorthin geraten sein könnte.

Der Gestank wurde von Sekunde zu Sekunde unangenehmer. Es war exakt der Geruch, den er mit Asthma-Anfällen assoziierte.

Er griff in die Hosentasche, aber das Berotec-Asthmaspray war nicht mehr da. Er hatte es zu Hause liegenlassen.

Panik ergriff ihn. Nein, nicht wegen der Situation, sondern aus Angst vor einer Asthma-Attacke. Er hatte das Spray stets vor seinen Mitschülern versteckt. Es hätte seinem Image geschadet. Asthmatiker waren immer Schwächlinge. Aber das war er nicht, das wollte er nicht sein. Es passte nicht zu ihm.

„Sie müssen immer ihr Spray dabeihaben. Ein Status asthmaticus ist kein Spaß", hatte Doktor Heinlein beim letzten Lungenfunktionstest betont, nachdem dieser nicht besonders gut ausgefallen war. Beim Sport hinderte ihn das Lungenproblem meistens nicht. Aber zuletzt hatte er das Langzeitmedikament, ein Turbohaler mit einem kortisonhaltigen Pulver, öfter vergessen und er wünschte sich nun, er hätte es konsequenter genutzt.

Instinktiv wandte er die Atemübungen an, die er dort erlernt hatte. Lippenbremse. Er atmete in der Weise, wie es ihm beigebracht worden war und schaute sich um. Und lauschte. Alles, was er hörte, war das Rauschen seiner Ohren und ein leichtes Giemen der Bronchien.

Da war aber noch etwas... ‚Was ist das?'

Er konnte es nicht zuordnen. Eine Schnellstraße? Das Rauschen einer nicht sehr stark befahrenen Landstraße? Ganz leise und ganz entfernt. Aber sonst? Nichts!

Langsam wurde sein Verstand klarer. Aber verdammt, wie war er denn nun hierhergekommen?

‚Ganz ruhig, Bro, überleg' mal in Ruhe. Was hast du gemacht? Welcher Tag ist denn heute? Es muss doch heute... '

Er wusste es nicht. ‚Was war das Letzte, was ich...'

Er strengte sein Gehirn an, doch alles, was sich einstellte, waren erste Symptome einer Migräne.

‚Verdammt, sei nicht so ein Lappen! Reiß dich zusammen und

denk nach!‘

Er versuchte es, doch er konnte keinen klaren Gedanken fassen. Er sank zurück auf die Pritsche und begann zu weinen.

11

Hauptkommissar Joshua Laurenz hatte bei seinem alten Freund Klaus übernachtet. Es war heute günstig, da Klaus in Kaufering, im nördlichen Landkreis Landsberg, wohnte und der Weg zu seinem ersten Termin des Tages in Schwabmünchen ihm den Augsburger Berufsverkehr ersparen würde. Auch wäre es nicht so schlimm, wenn er eine halbe Stunde zu spät kommen würde. Klaus hatte stets schwer geackert, um sich das stattliche Haus in der hübschen Neubausiedlung leisten zu können. Als Arzt war er überaus erfolgreich, privat lief es für ihn nie besonders gut. Die viele Arbeit hatte Spuren in seinem Gesicht hinterlassen. Klaus war derselbe Jahrgang wie Joshua, nur dass der mit seinen 42 noch jugendlich wirkte und meist viel jünger geschätzt wurde. Klaus wirkte müde, blass, ausgelaugt. Joshua mit seinem vollen schwarzen Haar, dem dunklen Teint, dem gepflegten Dreitagebart, wirkte dagegen wie das blühende Leben. Ein maximaler Kontrast. Bei jedem anderen Mann würde Joshua das stören. Er war stets ein Mann gewesen, dem Aussehen viel bedeutete. Bei sich und bei seinem Gegenüber. Zumindest, wenn er mit dem Gegenüber im Bett landen wollte. Oft genug wurde er deshalb als oberflächliches Arschloch beschimpft. Vermutlich zurecht, wie er glaubte, aber die Wahrheit war niemals so einfach. Zumindest nicht bei so komplexen Persönlichkeiten, wie er eine war. Aber bei Klaus war es anders, war auch er anders. Er hatte immer noch den süßen, schüchternen Medizinstudenten vor Augen, wenn sie sich begegneten.

Joshua und er hatten Sex gehabt. Zweimal am Abend und morgens auch noch eine Runde. Jede Begegnung endete bei ihnen meistens mit Sex. Sie hatten sich damals über eine

Dating-Plattform kennengelernt. Joshua suchte seinerzeit eine ‚Freundschaft plus´ und Klaus einen Partner. Eigentlich war es heute nicht anders, wenngleich Joshua kaum noch auf Datingportalen aktiv war. Dass diese Verbindung mit gewissen Vorzügen fast fünfzehn Jahre halten würde, hätte er niemals gedacht. Er wusste auch, dass Klaus über eine lange Zeit mehr gewollt hatte, eine Liebe, eine feste, monogame Beziehung. Aber das war für Joshua niemals infrage gekommen. Der Sex mit Klaus war gut bis sehr gut und auch über die Jahre nicht langweilig geworden. Allenfalls dann, wenn sie sich zu oft gesehen hatten. Joshuas beruflicher Partner Jan hatte ihn scharf attackiert, wie so oft, und die Frage aufgeworfen, ob er nicht das Gefühl habe, Klaus auszunutzen. Aber Joshua hatte abgewunken. „Das ist alles gut, wie es ist. Kümmere du dich um deine Elsen.“ Damit hatte Joshua die stetig wechselnden Partnerinnen Jans gemeint. Er würde von so jemandem keinen moralischen Rat annehmen. Auch wenn er im tiefsten Innern wusste, dass es ein Stück weit egoistisch war, was er tat. Und dass Jan Recht hatte.

Joshua erreichte die Polizeiinspektion in Schwabmünchen um kurz nach neun. Das dreistöckige Gebäude in der Fuggerstraße war ein schmuckloser weißer Klotz mit drei Stockwerken. Die blau angestrichenen Fensterläden vermochten nicht, dem Gebäude etwas Freundliches zu verleihen. Auch, wenn man nicht wusste, was in diesem Gebäude untergebracht war. Joshua machte sich darüber keine Gedanken. Das Gebäude war zwar unfreundlich, aber er kannte viele der Beamten, die dort arbeiteten und er mochte sie.

Der starke Kaffee, den Klaus ihm gegeben hatte, zeigte keine Wirkung mehr. Der abgestandene Kaffee in einer muffigen Dorfinspektion wäre jetzt genau das Richtige und er nahm sich vor, zunächst direkt in die Kaffeeküche der Polizeiinspektion Schwabmünchen zu marschieren.

Er stellte seinen alten Audi A6 auf einem Parkplatz ab, an dem ein Schild mit der Aufschrift ‚reserviert' angebracht worden war. Noch bevor er das Gebäude betreten hatte, hörte er aufgeregte Stimmen.

„...ich verstehe Sie ja, Herr Heiß, aber uns sind die Hände gebunden. Im Sommer haben wir fast jeden Tag einen Jugendlichen, der..."

„Sie verstehen nichts, aber auch gar nichts!"

Vor dem überforderten jungen Polizeimeister, mit dem hochroten Kopf, stand Oberstleutnant Wolfgang Heiß, Birgers Vater. Er war eine stattliche Erscheinung. Er überragte den Polizeibeamten fast um einen Kopf und auch die breiten Schultern und das scharf geschnittene Gesicht verliehen ihm so etwas wie eine natürliche Autorität. Joshua wunderte sich, dass der junge Beamte keine Unterstützung bekam. Seine Kollegen hätten eigentlich von dem Disput Notiz nehmen müssen. Er zückte seinen Ausweis und hielt ihn dem jungen Beamten vor die Nase. Der zuckte vor Schreck zusammen, schien jedoch schon in der nächsten Sekunde erleichtert zu sein.

„Laurenz ist mein Name, Kripo Augsburg. Begleiten Sie mich doch bitte, Herr Oberstleutnant."

Wolfgang Heiß schaute finster, folgte Joshua jedoch ohne Widerworte. Der hatte keine besonderen Befugnisse in diesem Gebäude, aber er kannte sich etwas aus. Er klopfte kurz an die Tür des dritten Zimmers auf der rechten Seite des kargen Korridors, prüfte, ob die Tür verschlossen war und ging hinein. Er zog einen Stuhl vor und bot ihn Wolfgang Heiß an. Der setzte sich zögerlich. Joshua wartete, bis Heiß sich gesetzt hatte und setzte sich auf einen Stuhl neben dem Soldaten. Er hatte bewusst nicht auf der anderen Seite des Tisches Platz genommen, um keine Atmosphäre wie bei einer Vernehmung aufkommen zu lassen.

„So, hier können wir uns in Ruhe unterhalten. Sagen Sie mir

noch bitte Ihren Namen und um was es geht?“

„Heiß, Wolfgang, aber das habe ich doch eben…“

Joshua hob beschwichtigend die Hand.

„Ich will Ihnen helfen. Dazu muss ich aber genau wissen, was passiert ist. Bisher weiß ich nur, dass jemand nicht nach Hause gekommen ist.“

Wolfgang Heiß atmete durch. Es war ihm deutlich anzumerken, dass er Mühe hatte, die Contenance zu bewahren. Als stellvertretender Kommandeur in Afghanistan hatte er schlimmste Situationen gemeistert, aber das hier war etwas ganz anderes. Etwas viel Schlimmeres. Er spürte es deutlich.

„Es geht um meinen Sohn, Birger, siebzehn Jahre alt.“

Heiß räusperte sich.

„Er… er ist gestern Abend mit dem Fahrrad fort. Er sagte meiner Frau, dass er nur noch eine kleine Runde… wer konnte denn ahnen…“ Heiß vergrub sein Gesicht in den Händen. Als er sie nach einem Moment wieder sinken ließ, glänzten seine Augen. Joshua wartete kurz, bevor er mit seiner nächsten Frage fortfuhr.

„Sie waren zu dem Zeitpunkt nicht zu Hause?“

„Korrekt, ich komme zurzeit meist erst gegen 20 Uhr vom Fliegerhorst.“

„War das ungewöhnlich, dass er um die Zeit auf ‚eine kleine Runde‘, wie er sagte, nochmal das Haus verließ oder tat er das häufiger?“

„Ja, nein, obwohl, doch… so genau weiß ich das nicht. Weil, wie gesagt… der Dienst. Aber ja, es ist eigentlich seltsam. Er ist Sportler und für ihn gibt es keine kleinen Runden. Wenn er mit dem Fahrrad los ist, dann meist bis an den Ammersee oder sogar bis Füssen."

„Das klingt so, als wäre gestern etwas anders gewesen, als sonst..."

Joshua beobachtete die Reaktionen seines Gegenübers wie ein Falke, aber verbarg das geschickt hinter einem mitfühlenden Gesichtsausdruck.

„Ja, ich weiß es auch nicht, aber ja, irgendwie schon."

„Sie haben vermutlich bereits alle Kumpels, Familie und so weiter abtelefoniert?"

„Ja, natürlich!", der Tonfall des Offiziers ließ deutlich Empörung durchklingen.

„Das ist für Sie eine absolute Stresssituation, da kann man leicht etwas vergessen."

Heiß fixierte Joshua.

„Sagen Sie mal, sind Sie eigentlich befugt oder muss ich das alles gleich noch jemandem erzählen? Das Gespräch eben hat schon hinreichend Energie gekostet."

Heiß deutete in die Richtung des Korridors.

Joshua stand auf und setzte sich auf die Tischkante.

„Dem Kollegen sind etwas die Hände gebunden. Tatsächlich passiert es, vor allem in den Sommermonaten, häufig, dass junge Menschen einfach so wegbleiben. In Augsburg Stadt und Landkreis teilweise einmal in der Woche. In der Hinsicht haben wir gerade Hochsaison, sozusagen"

Joshua ließ Heiß keine Zeit zu, antworten.

„Gab es zuletzt Spannungen, Streit, vielleicht mit der Freundin, mit Ihnen oder sonst jemanden? Stress in der Schule? Schlechte Noten?"

„Nein, nichts von alledem. Wobei…“

Joshua lehnte sich instinktiv etwas vor.

„Ich glaube, mit der Freundin läuft es nicht mehr ganz so gut. Sie sahen sich zuletzt immer seltener. Meine Frau meinte…“

„Ja? Es ist ganz wichtig, dass ich so viele Informationen wie möglich erhalte, auch wenn es Ihnen noch so belanglos erscheint.“

„Ja, also, meine Frau meinte, dass der Junge nicht nur auf Frauen steht. Genau genommen sagte sie sogar, dass sie glaubt, dass der Knabe schwul sei.“ Joshua musste den ‚Knaben‘ kurz sacken lassen, bevor er fortfuhr. ‚Was für eine beknackte Wortwahl. Stehst du etwa auch auf Knaben, Daddy? Bist du deshalb zum Bund gegangen?‘

„Hmm, aber das kam nie zur Sprache? Müsste der Birger mit Stress rechnen, wenn er sich Ihnen gegenüber outete?“

Heiß kniff die Augen zusammen.

„Was denken Sie denn von uns? Wir leben im einundzwanzigsten Jahrhundert. Wir haben unsere Kinder so erzogen, dass sie sich frei entfalten können. Es hätte uns vielleicht eine kurze Zeit… sagen wir mal… irritiert, aber wir hätten ihm keine Szene gemacht und es hätte sich nichts für meinen Sohn geändert.“

Joshua überlegte kurz und rieb sich das Kinn.

„Woran machte Ihre Frau fest, dass der Junge homosexuell sein könnte.“

„Das habe ich sie auch gefragt. Mütter haben da wohl doch ein feineres Gespür und ich war ja auch nie in dem Maße für meine Kinder da, wie ich es gerne gehabt hätte. Aber es sind eben Kleinigkeiten. Äußerungen über männliche Mitschüler, das immer geringer werdende Interesse an der eigenen Freundin.

Blicke… Solche Dinge eben."

„Haben Sie ein aktuelles Foto von Birger dabei? Gerne auch digital?"

Heiß hatte nicht mit dieser Frage gerechnet. Er griff hektisch nach seinem Smartphone und suchte nach Fotos in der Galerie. Dann zeigte er Joshua ein paar Fotos. Nur zwei waren jünger als ein Jahr und würden den jungen Mann so zeigen, wie er aktuell aussähe, wie Wolfgang Heiß versicherte.

Joshua gab dem Offizier seine Nummer und ließ sich die beiden Fotos schicken.

„Wenn Sie noch bessere Fotos finden, oder sonst jemand aus der Familie, können Sie mir diese gerne nachreichen."

Heiß nickte.

„Ja und wie geht es nun weiter?"

Joshua notierte sich noch einige Informationen, wie die Adresse der Schule und bat Wolfgang Heiß, ihm die Telefonnummern, wenigstens aber die Namen, der engsten Vertrauten, zu übermitteln. Er versprach, sich sofort darum kümmern zu wollen.

Als er ging, wirkte Birgers Vater etwas erleichtert. Joshua hatte kein gutes Gefühl bei der Sache. Zwar sagte er Heiß zum Abschied, dass Birger gewiss bald auftauchen würde, aber er selbst glaubte nicht so recht daran. Zu oft hatte er Fälle wie diesen erlebt und jene, die sich rasch aufklärten, waren anders. Irgendwie. Er würde es niemandem erklären können, es in keinem Bericht schreiben können. Aber sein Gespür hatte ihn eigentlich nie im Stich gelassen.

Er ging in die Kaffeeküche und schenkte sich eine Tasse des scheußlichen Kaffees ein, der seit nachts auf der Warmhalteplatte der alten Filtermaschine vor sich hin simmerte. Er roch daran und gab etwas mehr Milch hinzu, als er es normalerweise tat. Vier Würfel Zucker sollten es etwas erträglicher machen. Der Raum hatte den Charme der Siebziger bewahrt. Dieser Raum würde zum Zeitpunkt seiner Geburt nicht anders ausgesehen haben, dachte Joshua. Die Wandvertäfelung reichte ihm bis zur Brust. Die obere Abschlussleiste hatte immer wieder etwas Farbe abbekommen, wenn einer der Kollegen sich dazu durchgerungen hatte, den Raum zu weißeln. Ein paar vergilbte Poster, ein paar verstaubte Wappen und Pokale irgendwelcher Wettkämpfe und uralte Zinnteller verliehen dem Raum einen noch düsteren Touch. Ein junger Kollege war in die Bild-Zeitung vertieft und aß eine Leberkässemmel. Er nahm keine Notiz von Joshua.

„Nicht alles glauben, was da geschrieben steht, gell?!" Joshua zwinkerte dem Beamten zu, der ihn nur ausdruckslos ansah, und verließ den Raum.

Er ging aus dem Gebäude und blieb am Treppenabsatz stehen. Er sah Wolfgang Heiß noch abfahren. Der hatte nach dem Verlassen der Polizeidienststelle kurz mit seiner Frau telefoniert und seine Rückkehr angekündigt.

Joshua kramte eine Zigarette aus der Schachtel in der Hosentasche, ohne diese herauszunehmen. Er hatte Mühe, die Zigarette zu entzünden, weil ein für die Region ungewöhnlich starker Wind blies. Die Flaggen vor dem Gebäude flatterten heftig. Die Seile zum Heißen der Flagge schlugen in hoher Frequenz an die Masten. Er sah an den Flaggen vorbei in den Himmel.

„Das knallt heute noch", sagte jemand aus dem Hintergrund. Es war Heiko Ahlvers. Der Reviervorsteher. Er selbst benutzte diese veraltete Bezeichnung stets, wenn er sich vorstellte.

„Heiko, Mensch, musst du mich so erschrecken?", Joshua legte eine Hand auf die linke Brust.

„Mein armes Herz."

„Ich hätte niemals gedacht, dass du so schreckhaft bist", sagte Ahlvers und legte für einen Moment seine Hand auf Joshuas Schulter.

Ahlvers war ein Mann Mitte 50, der viele Hindernisse in seiner beruflichen Laufbahn hatte überwinden müssen. Er war stets einer gewesen, der für Kameradschaft und Loyalität stand. Das jedoch waren keine besonders guten Eigenschaften, wenn man bei der ‚Firma', wie er es nannte, Karriere machen wollte. Es hatten sich tiefe Furchen im Gesicht des hageren Mannes gebildet, das einst blonde Haare war noch voll, jedoch schon vor Jahren ergraut. Er sah etwas älter aus, als er wirklich war, aber seine freundlichen, gütigen Augen waren ihm geblieben.

„Du hast unseren jungen Kollegen etwas verunsichert. Der macht sich einen riesigen Kopf, dass er was falsch gemacht hat."

Joshua musste einen Moment überlegen, wen Ahlvers meinte, bis ihm der junge Beamte einfiel, mit dem Wolfgang Heiß vorher gesprochen hatte.

„Muss er ja nicht. Hast du ihm das gesagt? Gesagt, dass er nichts Falsches getan hat? Sonst sagte ich es ihm…"

„Hab ich, alles gut. Ich kann doch annehmen, dass du mir noch gesagt hättest, was du mit dem Herrn Oberstleutnant besprochen hast? Jeder andere Kollege hätte dir eine Szene gemacht, wenn du einfach so eindringst und uns den Kaffee klaust."

„Du meinst gar nicht den Kaffee. Du meinst dein Hausrecht", Joshua zwinkerte Ahlvers zu. Noch bevor er sich hätte rechtfertigen können, fuhr Ahlvers fort.

„Alles okay, aus dem Alter bin ich raus. Aus dem Alter, wo man sich aufregt, wenn ein fremder Kriminaler in meinem Revier wildert. Bring mich nur auf Stand und sag mir, was wir tun können. Ich kenne dich gut genug, um zu wissen, dass du dich nicht aus Langeweile oder Wichtigtuerei in unsere Aufgaben einmischst."

Joshua zögerte kurz und räusperte sich, bevor er antwortete. Er schnipste die Glut von seiner Zigarette, rollte den Filter klein und steckte ihn in den Aschenbecher, der neben der Eingangstür angeschraubt worden war.

„Ich möchte erst mal zur Schule und mit den Mitschülern sprechen. Und mit den Lehrern. Darauf freue ich mich besonders. Aber Letzteres werde ich wohl delegieren."

Joshua rollte mit den Augen. Ahlvers schmunzelte.

„Sobald ich die Informationen der Bezugspersonen… Freunde, Familie, Vereinskameraden habe, lasse ich sie dir zukommen. Ganz werde ich auf deine Hilfe, eure Hilfe, nicht verzichten können. Der Jan wird keine Zeit haben. Und selbst wenn, bin ich nicht sicher, ob ich ihn dabeihaben möchte." Joshua lachte gequält, Ahlvers ignorierte es.

„Hast du die denn gerade… die Zeit?"

„Ich nehme sie mir!", sagte Joshua bestimmt.

„Du glaubst nicht, dass der Junge heute Vormittag wieder auftaucht oder wenigstens irgendwann heute oder vielleicht in wenigen Tagen?"

„Ich hoffe es. Ich hoffe es sehr, lieber Heiko."

‚Aber ich glaube nicht daran.'

Ahlvers nickte, schlug Joshua auf die Schulter und ging zurück ins Gebäude. Joshua warf die halb gerauchte zweite Zigarette in den Aschenbecher und ging zu seinem Wagen. Kaum hatte er den Motor gestartet, zündete er sich schon die nächste Zigarette an.

12

Elias hatte es Thorsten, dem ‚Bremer', heute Morgen noch einmal besorgt. Nun saß der neben ihm und fuhr ihn zur Schule. Elias plagte das Gewissen. So gut Thorsten seine Sache auch gemacht hatte, heute fühlte sich die letzte Nacht, der heutige Morgen, wie ein Fehler an.

Um sich abzulenken, dachte er darüber nach, bei wem er die passive Rolle einnehmen würde. Er musste nicht lange überlegen. Es gab überhaupt nur einen, mit dem er sich das vorstellen konnte. Auch gestern beim Fisten hatte er darüber nachgedacht, von wem er sich so bearbeiten ließe. Es gab nur einen. Er dachte an Birgers schöne Hände.

Elias spürte, dass die Situation in der Dusche, der Anfang von etwas Großem gewesen sein müsse. Es musste einfach so sein. Er war der Einzige, mit dem er sich etwas Langfristiges vorstellen konnte. Für ihn und sich, für ihre Liebesakte, würde er das Baumhaus bauen. Ihm fiel nichts Besseres ein, was Abgeschiedenheit, Romantik und letztlich Erotik so gut vereinen könnte. Kein Motelzimmer, kein Cruiserparkplatz, keine Waldlichtung. Sein Gehirn ließ gar keine andere Überlegung mehr zu. Keine Alternative. Nein, das Baumhaus musste her. Es wäre IHR Baumhaus. Die Keimzelle einer riesigen Lovestory. Noch wusste er nicht, welch böse Überraschung ihm bevorstand.

Die Fahrt von der Polizeiinspektion Schwabmünchen zum

‚LWG', dem Leonhard-Wagner-Gymnasium hatte kaum zwei Minuten gedauert. Joshua nutzte die Zeit, seinen Partner Jan Sichler zu instruieren. Er machte seinen Unmut über den Alleingang Joshuas am Telefon überdeutlich.

Der Komplex des Gymnasiums, dem auch die Mittelschule angeschlossen war, sah auf dem Navigationssystem aus, wie drei Achten die in der Mitte miteinander verbunden waren.

Über dem Eingang prangte der Name der Schule in silbernen Lettern. Das Gebäude war modern und nicht so piefig, wie das Gymnasium, welches Joshua besucht hatte. Aber spätestens nach dem Betreten des Gebäudes, wusste man, um was für eine Einrichtung es sich handelte. Diese Mischung aus Bohnerwachs und abgestandener Luft war verräterisch. Joshua fühlte sich einen Augenblick lang in seine Schulzeit versetzt und es gefiel ihm nicht. Er schüttelte den Gedanken ab und folgte den Schildern zum Sekretariat. Er öffnete die Tür, nachdem er einmal angeklopft hatte, ohne die Antwort abzuwarten. Die gütig dreinblickende Dame, auf die er im Vorzimmer des Direktors traf, schien sich nicht daran zu stören.

„Guten Morgen, Frau…", Joshua ging um den Schreibtisch, um das Namensschild lesen zu können.

„…Fischer. Mein Name ist Laurenz, Kripo Augsburg. Ich müsste dringend mit dem Leiter der Einrichtung sprechen."

Joshua schaute sich um. Das Vorzimmer war größer als das Büro, welches er sich mit Jan teilte. Und moderner. Einen elektrisch höhenverstellbaren Schreibtisch hatten sie ebenso wenig, wie den ergonomischen Stuhl, von dem die Sekretärin gerade aufgestanden war, um Joshua beim Chef anzukündigen.

Die Tür zum Direktor des Gymnasiums war nur einen Spaltbreit geöffnet. Noch bevor die sichtlich verunsicherte Vorzimmerdame sie erreicht hatte, öffnete sich die Tür zur Direktion und Peter Gärtner erschien.

„Gärtner, guten Morgen. Kommen Sie in Sachen Birger, Birger Heiß?"

Nun war Joshua überrascht. Er hatte sich auf zähe Gespräche eingestellt. Dass er so rasch an den Verantwortlichen kommen würde, hatte er nicht erwartet. Es war eines der wenigen Dinge, die in den Fernsehkrimis richtig dargestellt wurden. Oder eher noch zu positiv. Er hasste die Widerstände, gegen die er stets ankämpfen musste. Und die Lügen, die vielen Lügen, die ihm permanent aufgetischt wurden. Es war so anstrengend, so deprimierend und mühsam. Am schlimmsten waren die populären Fälle, bei denen die Presse noch Druck machte und allerhand Blödsinn schrieb. Einen der Schreiberlinge von so einem Schmierblatt hatte er sich einmal vorgeknöpft. Er war eigens nach München gefahren. Die Überraschung war groß, als er auf den zuständigen Redakteur traf, der kaum 20 Jahre alt war. Der zitterte und bebte, als er dem aufgebrachten Joshua gegenüberstand. Die einseitige und oft hetzerische Berichterstattung dieses Blattes hatte das jedoch nicht langfristig geändert.

„Laurenz, Kripo Augsburg. Ähm, ja richtig. Der Vater, Birgers Vater, hat sie wohl schon instruiert?"

„Nein, es war die Mutter. Bitte kommen Sie doch mit durch."

Joshua fiel auf, dass er noch nie im Büro eines Schulleiters gewesen war. Fast musste er darüber schmunzeln, als er realisierte, was für ein langweiliger Schüler er doch gewesen war. Aber die Situation und die aufrichtig besorgte Miene Gärtners verbot weitere Gedanken an seine schulische Vergangenheit.

Er hatte sich das Büro des Direktors anders vorgestellt. Das Büro wirkte eher wie ein Provisorium. Zwar sehr groß, gewiss an die 50 Quadratmeter, aber kein einziges Bild an den Wänden und die vertikalen Jalousien vermittelten eher den Charme eines Behandlungsraums. Der große Eichenschreibtisch passte überhaupt nicht in dieses Zimmer und wirkte wie ein Fremdkörper. Der Stuhl, auf dem Joshua Platz nahm, schien einfach einem Klassenzimmer entnommen worden zu sein. Auch der Direktor entsprach nicht dem Klischee eines Gymnasial-Direktors. Er hatte etwas Grobschlächtiges an sich. Tiefe Furchen im Gesicht, lichtes, fettiges Haar, welches an seinem Kopf klebte. Überhaupt wirkte er eher wie ein Maurer. Joshua konzentrierte sich.

‚Wenigstens gepolstert', dachte er, als er Platz nahm.

„Ja, Birgers Mutter rief an, kaum dass ich die Arbeit aufgenommen hatte, und erzählte mir, dass ihr Sohn nicht nach Hause gekommen sei."

„Kennen Sie den Jungen?"

Gärtner schien die Frage unangenehm zu sein. Er räusperte sich, bevor er fortfuhr.

„Nicht wirklich. Ich denke, wir hatten einen einzigen Kontakt, nämlich als ich eine Vertretung übernommen hatte. Ansonsten ist der Name Birger Heiß nur in dem Zusammenhang gefallen, dass er durchgängig gute bis sehr gute Ergebnisse erzielte und dass er in der Klasse sehr beliebt war… ist. Auch sportlich leistete er Überdurchschnittliches. Was für einen Asthmatiker bemerkenswert ist."

Joshua zuckte zusammen.

„Asthma? Verwechseln Sie da nichts?"

Gärtner schüttelte vehement den Kopf.

„Nein, das sprach Frau Heiß heute Morgen an. Er habe sein Asthmaspray in der anderen Hosentasche gehabt. Salbutamol heißt das wohl. Das war das, was sie ganz besonders zu beunruhigen schien. Er nahm es immer mit, wenn er sportlich unterwegs war. Allenfalls, wenn er nur kurz aus dem Haus ging, würde er es liegen lassen, sagte sie."

‚Das hättest du mir ruhig sagen können, du Oberstleutnant, du!'

„Ein Grund mehr, keine Zeit zu verlieren. Wenn Sie keine weiteren Informationen haben, würde ich nun gern mit der Klasse reden, und zwar allein."

„Nein, wobei... ich weiß nicht, ob es relevant ist, aber Sören Ahlberg, ein Mitschüler Birgers, ist heute nicht erschienen. Ich habe die Eltern nicht erreichen können, bisher."

„Hmm, okay. Ich brauche dann die Adresse des Jungen, des Sören. Was ist das für ein Junge?"

Gärtner zögerte, um diplomatische Worte zu finden.

„Knapp gesagt, das Gegenteil von Birger. Er erreichte das folgende Schuljahr stets nur knapp, ist unsportlich und... nun ja, es ist schlicht kein sehr ansehnlicher Knabe. Was gewiss auch einer gewissen Vernachlässigung der Familie geschuldet ist. Er kommt aus einer... schwierigen Umgebung."

‚Du meinst aus einer schmierigen Umgebung. Assi halt. Entzückend.'

„Verstehe. Darum kümmern wir uns später."

Auf dem Weg zum Klassenzimmer bat Gärtner Joshua darum, doch anwesend sein zu dürfen, wenn der seine Schüler befragte. Joshua wäre zwar lieber allein gewesen, aber Gärtner vermittelte nicht den Eindruck, als würden die Schüler durch seine Anwesenheit gehemmt sein können. Er stimmte zu, unter der Bedingung, dass nur er allein dabei sein dürfe. Er befürchtete, dass ein Lehrer ihm ständig dazwischen quasseln oder unnötigen Druck ausüben könnte. Gerade Ersteres konnten Lehrer nach seiner Erinnerung hervorragend. Besserwisser.

Im ersten Obergeschoss, im rechten Flügel des Komplex'

befand sich der Unterrichtsraum, in dem Birger gerade Unterricht hätte. Ebenso Sören. Gärtner klopfte und wartete das „Ja bitte“ ab, welches sofort folgte, als habe man auf ihn gewartet.

Klassenlehrer Gerd Hattermann kam, sichtlich nervös, auf Joshua und den Direktor zu.

„Kollege Hattermann, das ist Herr Laurenz von… von der Polizei. Er würde gerne einen Moment mit den Schülern sprechen. Wenn sie so lange…“

Hattermann nickte nur knapp und verzog sich wortlos. Gärtner ging vor die Tafel und richtete sein Wort an Birgers Mitschüler, die gespannt warteten. Es war so leise, dass Joshua das Blut in den Adern fließen hören konnte.

„Guten Morgen Herrschaften. Sie können sich denken, warum wir hier sind. Bevor ich das Wort an Herrn Laurenz übergebe, möchte ich Sie bitten, ihm alles mitzuteilen, was Ihnen einfällt. No Limits. Auch, wenn es Ihnen noch so banal erscheint, erzählen Sie es. Das ist jetzt sehr wichtig. Wenn Sie es nicht vor der Klasse tun möchten, wenden Sie sich zeitnah an mich, den Vertrauenslehrer oder direkt an Herrn Laurenz, der Ihnen gewiss seine Kontaktdaten geben wird.“

Gärtner nickte Joshua zu, nahm sich überraschend lässig einen Stuhl und setzte sich in die hinterste Ecke des Klassenzimmers. Erst jetzt fiel Joshua eine tuntige Attitüde des Direktors auf.

Noch bevor Joshua die erste Frage hätte stellen können, meldete sich ein blasses Mädchen mit blondem, fast weißen Pferdeschwanz mit erhobener Hand.

„Öhm, ja?“ Joshua befürchtete, dass von der jungen feisten Dame mit der stumpfen Ausstrahlung nichts Konstruktives würde kommen können.

„Ist der Birger aufgetaucht?“

Ein Raunen ging durch die Reihen. Ein Mitschüler fuhr das Mädchen, welches über die Reaktion der Klasse überrascht zu sein schien, harsch an.

„Inka, halt einfach mal die Fresse und lass den Polizisten zu Wort kommen.“

Joshua warf einen kurzen Blick auf den Direktor, der einen gütigen, geduldigen Ausdruck hatte. Fast wie ein Opa, der seinen Kindern beim Spielen zusah.

„Ja, also mein Name ist Joshua Laurenz und nein, der Birger ist noch nicht wieder aufgetaucht. Deshalb bin ich da. Meine Kollegen und ich wollen ihn so bald als möglich finden. Vielleicht könnt ihr uns dabei helfen. Hatte Birger so etwas wie einen besten Kumpel hier?“

„Elias“, rief jemand aus den hinteren Reihen. Einige Schüler kicherten. Elias warf ihnen einen strengen Blick zu.

Ein Junge antwortete, ohne sich vorher gemeldet zu haben.

„Nein, Birger hatte keinen besten Freund. Zumindest nicht hier. Nicht in der Schule. Aber er kam eigentlich mit allen bestens zurecht. Er nahm es nicht einmal übel, wenn jemand ihn grundlos angriff.“

„Was meinst du damit? Körperliche Angriffe?“

„Nein. Da gibt es so einen groben Typen in der Parallelklasse, der ihn mal aus heiterem Himmel angemacht hat.“

Der junge Mann schaute um sich, als suchte er nach Unterstützung. Aber es schien, als würden die Klassenkameraden diesen Vorfall gar nicht kennen.

„Ich denke, dass er neidisch, eifersüchtig auf ihn war. Weil er ziemlich beliebt ist, der Birger und der eben nicht.

„Meinst du Sascha Heuer?“, fragte Elias.

Der junge Mann nickte.

„Was ist das für ein Typ?“, hakte Joshua nach.

„Ein Vollassi“, entfuhr es Elias. Der Direktor sah auf, machte aber immer noch keine Anstalten, sich einmischen zu wollen. Jemand anders im Raum sagte: „Das trifft es.“

„Kannst du das etwas näher erklären, du mit den Locken.“

Elias stand auf und setzte sich auf den Tisch.

„Bin der Elias. Na, ein Schlägertyp halt. Der hat ein paar schwache Charaktere um sich versammelt, die ihm die Pupe knutschen, also zu allem ja und Amen sagen und ihn anhimmeln. Zwischendurch sucht er sich Schwächere, um sich zu beweisen und seinen Status gegenüber seiner Gang zu festigen. Wie im Knast eigentlich. Da landet der ohnehin irgendwann.“

„Birger und schwach?“, fragte der dickliche Junge neben Elias. Einige summten zustimmend.

„Ja eben nicht. Der hat sich an ihm verhoben. Nicht nur, weil er die bessere Lobby hat, sondern Birger ihm tatsächlich in allem überlegen war... ist.“

„Das stimmt. Er wusste sich nicht anders zu helfen, als seinen norddeutschen Akzent in seiner Hörweite nachzuäffen. Bis er keine Lust mehr hatte, weil Birger nicht darauf einging, sich nicht provozieren ließ.“

Joshua machte sich Notizen.

„Okay, danke, und was ist der Sören für ein Junge?“

„Der stinkt“, rief jemand. Es war das erste Mal, dass der Direktor eingriff.

„Bitte bleiben Sie doch sachlich. Das ist hier kein Spaß."

Tatsächlich lachte niemand. Elias schüttelte den Kopf. Nachdem niemand auf Joshuas Frage geantwortet hatte, antwortete er.

„Der Sören kommt aus armen, ungünstigen Verhältnissen und... tut sich mit allem etwas schwer."

Dann sah er in die Richtung, aus der zuvor die Bemerkung bezüglich des Körpergeruchs kam und sagte laut und bestimmt.

„Und kein Grund, ihn vor der Polizei schlechtzumachen. Depp!"

Der Direktor sah auf, sah zu Joshua und dann wieder auf den Boden vor sich. Als müsse er sich konzentrieren, nichts von dem Gesagten zu versäumen.

„Spiel' dich nicht so als großer Menschenfreund auf, Elias. Du lästerst genauso über den Sören wie alle."

„Halt die Fresse, Arschloch!", sagte Elias und warf Clemens, dem Klassenkameraden, der ihn soeben kritisiert hatte, einen bitterbösen Blick zu. Als der realisierte, dass die Aufmerksamkeit nun auf ihn fokussiert war, lief sein Gesicht rot an.

„Hat man denn irgendwelche Hinweise? Was können wir tun?", fragte ein Mädchen in der ersten Reihe.

„Die Hinweise hatte ich mir von euch erhofft..."

„... dass heißt, sie verplempern hier wertvolle Zeit, wo in dieser Sekunde der Birger irgendwo verletzt herumliegt?"

Joshua ließ sich nicht provozieren und wollte fortfahren, als er erneut unterbrochen wurde.

„Ich schließe mich der Frage von der Rita an. Was können wir tun? Auf den Unterricht kann sich heute sowieso niemand mehr konzentrieren“, sagte Elias und sah zum Direktor hinüber.

„Ich denke, das hätte heute tatsächlich keinen Sinn, Business as usual zu betreiben. Aber beantworten Sie zunächst die Fragen des Kommissars, bitte.“

Joshua nickte.

„Ja, Fragen habe ich jetzt erst mal keine mehr. Ich schreibe meine Handynummer auf die Tafel. Wenn euch etwas einfällt, und kommt es euch noch so nebensächlich vor, dann zögert nicht und ruft mich an. Der Direktor hat es euch ja eingangs schon gesagt. Darum möchte ich herzlich bitten.“

Als keine Wortmeldungen mehr kamen, schrieb Joshua seine Kontaktdaten an die Tafel und fast alle zückten ihr Smartphone und speicherten die Daten ab. Er bat den Direktor um ein paar weitere Minuten.

Als Joshua und der Direktor den Raum verlassen hatten, herrschte erneut eine absolute Stille.

Ein paar Sekunden vergingen, die sich wie eine Ewigkeit anfühlten. Elias durchbrach das Schweigen.

„Wir müssen was tun! Wir müssen Birger finden!“

„Was soll das werden? Elias und die drei Fragezeichen…?“, fragte der Junge, den Elias soeben als Arschloch bezeichnet hatte. Diesmal war es Malte, der den renitenten jungen Mann anblaffte:

„Geh, einfach, Clemens. Deine Muckibude müsste doch bald aufmachen. Hier braucht dich niemand. Bitte geh.“

Einige Klassenkameraden nickten. Andere nicht. Sie hatten Respekt vor dem jungen Mann mit dem aggressiven Ausdruck und den aufgepumpten Bizepsen.

Er tat tatsächlich, wie ihm geheißen und murmelte noch etwas vor sich hin. Elias verstand nur ‚Wichtigtuer' und ‚aufgeblasen'. Es interessierte ihn nicht. Hauptsache, der Störenfried verschwand endlich.

Dann stellte sich Elias vor die Klasse.

„Passt auf, Leute. Ich werde auf jeden Fall etwas unternehmen. Und wenn ich das Lechfeld quadratmeterweise absuchen muss. Ich gehe jetzt ins Eiscafé Riva. Wer helfen will, kommt einfach mit und wir besprechen alles Weitere dort."

Einige der Klassenkameraden nickten, andere schüttelten den Kopf, weil sie Elias für einen Wichtigtuer hielten. Dennoch kamen auch einige der letzten Kategorie doch ins Eiscafé. Ob aus Neugierde oder aufgrund aufrichtiger Hilfsbereitschaft war Elias egal. Am Ende waren es sieben Klassenkameraden Birgers, die sich im Eiscafé Riva trafen.

13

Jan hatte den Dienstwagen, einen BMW 525i, direkt neben Joshuas Wagen abgestellt. Er stand, an den vorderen linken Kotflügel gelehnt und war vertieft in sein Handy. Ein Lehrer, der an diesem Tag die ersten beiden Stunden unterrichtsfrei hatte, kam auf Jan zu. Der würdigte ihn keines Blickes, als er ihn ansprach.

„Sie, dieser Parkplatz ist für Lehrpersonal reserviert. Wo ist denn ihr Parkausweis, bitteschön?"

„Wo ist denn ihr Deo, bitteschön?"

„Na, hören Sie mal...!"

„Auf Wiedersehen, Pullundermann."

Jan wandte sich ab, ohne den verdutzten Oberstudienrat mit dem Bierbauch, der tuntigen Stimme und dem zu kurzen Pullunder weiter zu beachten, und ging auf Joshua zu, der gerade das Schulgebäude verließ. Joshua nickte dem Lehrer zu, der dann, vor sich hin murmelnd, verschwand.

„Dein neuer Kumpel?", fragte Joshua grinsend.

„Ich habe diese stinkerten schwulen Hobby-Beamten so satt."

„Pssst, der kann dich doch hören!"

„Soll es doch. Lehrer sind Schwuchteln oder dämlich oder beides."

Joshua schaute auf den ersten Stock des Gebäudes und seufzte: „Tja, manchmal schon."

„Gut, dass du es einsiehst, aber was mache ich hier eigentlich? Ich hätte schwören können, dass es da eine tote Nutte gibt, dessen Mörder noch frei herumrennt."

„Das hier geht jetzt erstmal vor."

„Und was genau? Ist es ein heißer Boy oder was juckt dich da so."

Joshua schaute Jan gespielt streng an, aber er grinste nur provokativ. Er rief ein Foto auf seinem Handy auf und hielt es Jan vor die Nase.

„What? Ein Marzipanschweinchen? Ein Marzipanschweinchen ist nicht zur Marzipanschweinmutti zurückgekehrt?"

Joshua wusste zunächst nicht, wovon Jan sprach. Dann bemerkte er, dass er Jan das Foto von Sören Ahlberg gezeigt hatte. Das Foto, welches er soeben von einer ein Jahr alten Aufnahme Sörens abfotografiert hatte. Joshua war es etwas peinlich, dass sein Partner so laut über den Vermissten sprach. Aber das Bild des Marzipanschweinchens triggerte ihn zu einem Kichern. Es traf genau ins Schwarze. Der teigige, rotfleckige Teint, die von rotem Flaum bedeckten Wangen, erinnerten tatsächlich an ein Marzipanschweinchen.

„Nicht so laut. Mann, nee, das ist der zweite Vermisste."

„Oh bitte, echt jetzt? Vielleicht vergnügen sich die beiden grunzend in der Schlammgrube, während du hier so ein Fass aufmachst, Digga."

Nun hatte Joshua das richtige Foto aufgerufen und zeigte Jan eine Aufnahme, die Birger zeigte.

„Jetzt wird ein Schuh draus. Deshalb dein Engagement!"

Jan ließ Joshua keine Zeit zu Erwiderung.

„Okay, das mit dem Grunzen im Schlamm findet dann doch eher nicht statt. Na ja, wenigstens nicht zu zweit. Sind die öfters abgehauen? Der Schöne und das Biest?“

Jan grinste breit.

„Der Schö… der Birger nicht. Der andere, der Sören…“

Plötzlich sprach sie jemand an.

„Der vögelt den Typen wahrscheinlich gerade. Wenn er das mit seinem kleinen Ringelschwanz überhaupt hinbekommt.“

Joshua fuhr herum, Jan sah gelangweilt in die Richtung, aus der die Stimme gekommen war.

„Clemens?“, fragte Joshua.

„Was ist das denn für einer?“, fragte Jan und musterte Clemens von oben bis unten.

„Ein Klassenkamerad von den beiden Vermissten.“

„Von den beiden? Was sind sie denn für Ermittler? Dass es da einen Zusammenhang gibt, sieht doch ein Blinder“

Jan ging einen Schritt auf Clemens zu. Er war einen Kopf größer als der Schüler mit den dicken Bizeps und den großen Brustmuskeln, die sich unter dem zu engen T-Shirt abzeichneten.

„Pass mal auf, du Rotzer, wenn du uns was zu sagen hast, dann spuck es aus.“

„Oder was…? Nehmen Sie mich dann mit und schwenken mir die Schreibtischlampe ins Gesicht?“

„Also, was weißt du?“, fragte Joshua mit ruhiger Stimme, um eine Eskalation zu vermeiden.

Clemens sah zunächst Joshua, dann Jan mit einem

provozierenden Grinsen an. Es war jedoch nicht dazu geeignet, einen der beiden erfahrenen Ermittler aus der Reserve zu locken.

„Nun ja, na ja, also dass der Sören eine Tunte ist, das weiß ja hier jeder. Dass der vernarrt in den Birger war, auch."

„Wie kommst du darauf?"

„Ja, wie komme ich denn nur darauf? Der Birger hat es mir erzählt."

„Was genau", hakte Joshua nach.

„Na, dass der ihm immer aufs Klo folgt, um seine Flöte zu sehen und einmal hat der auch irgendwas gesagt. Was genau, weiß ich nicht mehr, aber so in der Art, dass er der schönste und liebste Mann auf Erden ist. Ätzend!"

„Hmm und das hat der Birger dir erzählt?"

„Ja und bestimmt auch anderen."

„Ich hatte den Eindruck, dass Birger und du jetzt... nun... nicht unbedingt sehr eng befreundet seid."

Clemens machte ein verächtliches Geräusch, drehte sich um und sah zu zwei Lehrern, welche von der Raucherecke aus die Drei auf dem Parkplatz beobachteten. Als Clemens sich wieder den Kommissaren zuwandte, grinste er abermals provokant.

„Ach wissen Sie, man muss ja nicht dick befreundet sein, um sich mal etwas zu unterhalten. Außerdem weiß das jeder hier. Der fette Sören hat hier so etwas wie einen Mitleidsbonus. Das werden Sie ja eben mitbekommen haben. Klar ist das eine arme Sau und ein mega Assi, aber das Hauptproblem ist, dass er ein Psycho ist. Einmal hat der geschrien wie ein Mädchen, als jemand ihn versehentlich etwas angerempelt hat."

„Und der Rempler warst nicht zufällig du? Justus?", fragte Jan.

„Was? Ach, jetzt kommen Sie mir doch nicht so. Ich will Ihnen nur auf die richtige Spur helfen. Und mein Name ist Clemens."

„Danke, Clemens. Gibst du mir noch deine Adresse und…"

„Warte ma, Spatzl. Der Clemens will uns doch noch was sagen."

„Ich, öhm, nein!"

„Glaub doch. Fangen wir mal damit an, was du gestern um…", Jan sah Joshua erwartungsvoll an, bis er ergänzte „Circa 19 Uhr…"

„Genau, was hast du denn gestern um 19 Uhr so getrieben?"

„Was… ach, na ja, wenn es Sie happy macht, ich war pumpen."

„Wo?"

„Im Lech-Fit."

„Wie lange?"

„Bis halb neun oder neun."

„Und?"

„Was und?"

„Na, was hast du danach gemacht?"

„Ich... ja was soll ich gemacht haben? Ich bin heim, habe was gegessen und bin ins Bett gegangen."

„Na schön, das werden wir zu gegebener Zeit prüfen."

Clemens schluckte.

„Kein Problem."

Er hatte gedacht, dass er die Oberhand hatte, aber der große blonde Polizist, der aussah, als würde er nebenher für

Rasierwasser Werbung machen, hatte ihn verunsichert. Es ärgerte ihn. Er räusperte sich und versuchte, cool zu wirken. Aber der Zug war längst abgefahren.

„Gut, dann gib dem Kollegen deine Daten und dann darfst du gehen."

„Wie gnädig. Sie sollten aber nicht zu viel Zeit mit mir vergeuden. Schauen Sie doch mal in der Eisdiele vorbei. Würde mich nicht wundern, wenn da Ihr Entführer sitzt und sein falsches Spiel auf die Spitze treibt."

„Na?", war alles, was Jan sagte. Nach einem Moment fuhr Clemens fort. Nun klang seine Stimme fast brüchig.

„Dort sitzt die Elite und berät, wie sie ihren Birger zurückbekommt. Einer hat besonders viel Eifer gezeigt. Würde mich nicht wundern, wenn der etwas zu verbergen hat."

„Wer?"

Wieder schluckte Clemens.

„Elias Dollinger. Das Großmaul. Der hatte ein Auge auf Birger geworfen, heißt es. Seine letzten Freundinnen sollen nur Alibi gewesen sein. Er besorgt es denen gar nicht richtig, heißt es. Weil er eigentlich gar nicht auf Mösen steht, sondern auf fette Schwänze."

Sein Grinsen wirkte aufgesetzt.

Jan wandte sich ab und bedeutete, Joshua zu folgen. Clemens beachteten beide nicht weiter. Er blieb stehen, wie ein begossener Pudel, bis er schließlich zögerlich ging.

„Was ist denn das für ein Kameradenschwein?", fragte Jan, ließ Joshua aber keine Zeit zur Antwort.

„Der hat doch selbst Dreck am Stecken oder was war das eben

für eine Nummer?“

„Wichtigtuerei, Trotz, keine Ahnung. Den schauen wir uns später an. Es wird Zeit, dass wir uns um die beiden Vermissten kümmern.“

„Gib mal die Adresse von dem Schweinchen. Die Sippschaft schaue ich mir mal an.“

Joshua schickte Jan die Adresse und setzte sich in seinen Wagen. Er verharrte noch einen Moment, um seine Gedanken zu sortieren.

14

„Echt jetzt? Das ist doch ein Scherz?!“

Jan schnaubte genervt, als das Navi ihn anwies, von der Hauptstraße in einen Feldweg, einen sehr holprigen Feldweg abzubiegen. Der alte, baufällige Hof der Familie Ahlberg lag einen knappen halben Kilometer von der Hauptstraße entfernt, nördlich von Untermeitingen. In der Ferne waren die ersten Häuser der Kolonie Hurlach zu sehen. Dahinter erhoben sich die Alpen. Sie boten einen maximalen Kontrast zu dem trostlosen Feldweg, der vor Jan lag. Die Strecke kam ihm unendlich vor. Selbst bei Schrittgeschwindigkeit ächzte und polterte das Fahrwerk seines Dienstwagens bedenklich. Er murmelte ein paar Flüche vor sich hin, bis er endlich den Hof erreichte.

Schon aus der Ferne war zu erahnen gewesen, dass der Hof sich in keinem guten Zustand befand. Das Dach des Nebengebäudes wies große Lücken auf. Der daneben angelegte Unterstand, unter dem die landwirtschaftlichen Gerätschaften abgestellt worden waren, wirkte so, als würde ihn der nächste Sturm zum Einsturz bringen.

Die Fläche zwischen dem Nebengebäude, in dem auch Rinder und Schweine untergebracht waren, und dem Wohnhaus wies tiefe Schlaglöcher auf.

Nachdem Jan ausgestiegen war, nahm seine Genervtheit noch weiter zu, als ihm der Gestank auf dem Anwesen entgegenschlug. Der Blick auf die endlos scheinenden Maisfelder und die Alpen beruhigte ihn für einen Moment. Er schmunzelte bei dem Gedanken daran, dass er vor gar nicht allzu langer Zeit Sex in einem Maisfeld gehabt hatte. Dabei stand der Mais noch gar nicht so hoch, als das er vor Entdeckung hätte schützen können. Aber er mochte diesen Reiz und es wäre nicht das erste Mail gewesen, dass er beim Sex im Freien erwischt worden wäre.

Er schüttelte die Gedanken ab und sammelte sich.

„Nützt ja alles nichts“, sagte er leise zu sich selbst, atmete tief durch und ging zu dem Wohngebäude.

Das, was er für den Eingang hielt, war eine Öffnung im Mauerwerk, dessen Putz schon großflächig abgebröckelt war. Die Holztür stand offen. Der Zahn der Zeit hatte deutliche Spuren hinterlassen. Als er anklopfte, hörte er leise das Rieseln von Holzpartikeln. Ein Schauer der Abscheu überkam ihn. Er überlegte, was seine Mutter wohl zu den Umständen sagen würde. Sie war vermutlich die pingeligste Person auf diesem Planeten.

Eine Dame streckte aus einem links gelegenen Zimmer den Kopf in den Hausflur.

„Ja bitte?“

Jan hatte aufgrund der Gegebenheiten eigentlich einen starken Akzent erwartet, aber schon diese zwei Worte ließen erkennen, dass die Frau Hochdeutsch sprach.

„Sichler, Kripo Augsburg.“

„Kripo?“, fragte die Dame erschrocken.

Die Frau schnappte sich ein Geschirrhandtuch von der Arbeitsfläche in der Küche und trocknete damit ihre Hände ab, während sie auf Jan zuging. Die Frau hatte keinerlei Ähnlichkeit mit Sören, so wie er auf dem Foto, welches Jan kurz zuvor von Joshua gezeigt bekommen hatte, zu sehen war. Ihr Auftreten war ärmlich, bemitleidenswert. Die Kittelschürze uralt und die Strumpfhosen gestopft. Aber die Ausstrahlung der Dame hatte etwas fast Aristokratisches, was Jan irritierte.

„Jo, Kripo und mit wem habe ich das Vergnügen?“

„Magda Ahlberg. Ist etwas mit Sören? Seine Schule hat heute schon nach ihm gefragt.“

Nein, diese Frau passte so gar nicht zu dem ‚Marzipanschweinchen‘ auf dem Foto.

„Ich weiß es nicht. Können wir uns irgendwo hinsetzen?“, Jan klang unbeabsichtigt genervt. Es verunsicherte die Dame in der Kittelschürze sichtlich.

„Ja, Verzeihung.“

Magda Ahlberg führte Jan in die Küche. Auch hier war alles sehr alt und verbraucht und ärmlich. Aber es war sauber und auf eine besondere Art gemütlich. Das Sofa, auf das eine Decke gelegt worden war, um den abgenutzten Cord-Stoff zu verdecken, erinnerte ihn an jenes Sofa, welches im Wohnzimmer seiner Großeltern stand.

Jan zog einen Stuhl heran und nahm Platz. Magda Ahlberg rieb sich die Hände. Angst war ihr deutlich anzusehen.

„Tja, Frau Ahlberg. Der Sören ist heute nicht zur Schule erschienen. Was ist denn da los?“

Sie seufzte und setzte sich auf das Sofa, welches auf der linken Seite des Raumes, genau gegenüber der Küchenzeile stand.

„Es ist... es ist nicht einfach mit ihm. Er tut sich schwer in der Schule. Immer wieder mal, geht er in den Wald oder fährt stundenlang mit dem Mofa umher, anstatt in den Unterricht zu gehen. Immer, wenn es ihm zu viel wird.“

„Was meinen Sie damit, dass es ihm zu viel wird?“

Magda Ahlberg sah auf den Boden, dann wieder zu Jan. Der überlegte, dass diese verhärmte Frau jünger sein könnte, als sie auf den ersten Blick wirkte und in früheren Zeiten sehr attraktiv gewesen sein musste.

„Wenn er wieder gekränkt wurde. Also das kam ja praktisch täglich vor, vermute ich zumindest, aber dann, wenn der Stachel zu tief in seine Seele getrieben wurde, dann verschwand er für eine Weile. Früher konnte ich ihm ja noch mit gutem Zureden dazu bewegen, in die Schule zu gehen, aber irgendwann klappte auch das nicht mehr. Na ja und dann hat er eben seine eigene Methode entwickelt, damit umzugehen."

„Okay. Verstehe. Glaube ich. Und kam er denn sonst im Laufe des Tages wieder heim? Oder blieb er über Nacht im Wald oder wie lief das sonst?"

‚Was ist das für eine kranke Scheiße? Misshandelst du Wildschweinchen und vögelst Hirsche, statt in die Schule zu gehen, Schweinchen Sören?'

„Nein, das nicht. Er kam meistens abends zurück. Also eigentlich immer. Nein, daran würde ich mich erinnern, wenn er einmal über Nacht weggeblieben wäre."

Jan schaute sich um, während er kurz nachdachte.

„Wer lebt in dieser… auf diesem Hof?"

„Mein Sohn und meine Tochter. Tja, und ich natürlich."

„Haben beide den gleichen Vater?"

„Ja, das haben sie", sagte Magda Ahlberg und klang nun noch trauriger als zuvor.

Jan bemerkte es nicht.

‚Na entzückend. Noch ein rosa Schweinchen. Diesmal mit Titten dran.'

„Und der Vater? Wie heißt der und wo ist der gerade?"

„Mein Mann… der Ignatz, er ist tot. Er starb vor zwei Jahren. Er hat.. er ist letztlich am Alkoholmissbrauch verstorben. Die Leber…"

Jan nickte und dachte nach.

„Wie ist er mit Sören und überhaupt mit seinen Kindern umgegangen?"

Magda Ahlberg schossen die Tränen in die Augen.

„Den Jungen hat er… der Junge hat unter ihm leiden müssen. Sehr leiden müssen."

„Die Tochter nicht?"

„Nein, die Tochter hat er vergöttert."

Jan merkte, dass seine Fragen Magda Ahlberg mehr zusetzten, als es zum jetzigen Zeitpunkt nötig war. Vermutlich würde Sören, wie sonst auch, irgendwann im Laufe des Tages wieder auftauchen.

„Wo ist sie denn, Ihre Tochter?", versuchte Jan abzulenken. Mit weinenden Frauen konnte er nicht gut umgehen.

Magda Ahlberg drehte sich umständlich um und sah auf eine uralte Kienzle Küchenuhr, die über der Türe hing. Keramik, orange… die Uhr müsse deutlich älter sein, als er selbst, dachte Jan.

„Die jobbt nebenher und verdient für uns etwas dazu. Eigentlich studiert sie Jura. An der LMU in München."

Die Antwort überraschte Jan. Er brauchte einen Moment, diese Aussage zu verdauen. Auch deshalb, weil sein eigener Numerus Clausus damals niemals für ein Studium der Rechtswissenschaften gereicht hätte. Erst recht nicht an der

Ludwig-Maximilians-Uni in München.

Jan bedankte sich und stand auf. Magda Ahlberg begleitete ihn zur Haustüre. Auf halbem Weg fiel ihm ein Foto auf. Es zeigte Sören und seine Schwester Lena und deren Mutter.

Sören lächelte gequält, ebenso seine Mutter. Nur Lena lächelte. Es war kein aufgesetztes Lächeln. Es war natürlich, ehrlich und Lena sah auf dem Foto wunderschön aus. Jan juckte es, zu fragen, ob Sören und Lena wirklich blutsverwandt waren. Aber ein Foto des verstorbenen Hausherrn, welches etwas weiter in Richtung Haustür hing, löste das Rätsel. Offenbar war Sören ganz der Vater und Lena hatte von seiner Optik nichts geerbt.

Magda Ahlberg blieb noch in der Türe stehen, bis sich Jans Wagen in Bewegung setzte. Sie versuchte, sich ein Lächeln abzuringen, aber ihr Gesicht drückte nur Sorge und Kummer aus.

Als Jan nach links auf den Feldweg zur Hauptstraße fahren wollte, erwischte er fast einen jungen Mann mit einem Lockenkopf, der mit seinem Rennrad angebraust kam. Es war Elias. In einiger Entfernung folgte ihm ein dickliches Mädchen.

15

Das Fugger-Diner lag etwas versteckt an einer schmalen Stichstraße der vielbefahrenen Gögginger Straße. Es lag auf halbem Weg zwischen dem Strafjustizzentrum und der Kriminalpolizeiinspektion Augsburg. In den 90ern hatte der Augsburger Gastronom Peter Koch es erbaut. Die Idee zu dem Diner war ihm auf einer Amerikatour gekommen. Das Bauamt hatte ihm seinerzeit das Leben schwer gemacht und hatte an seinem Konzept, seinen Vorstellungen, immer wieder etwas anderes auszusetzen gehabt. Nachdem er persönlich beim damaligen Bürgermeister vorstellig geworden war, ging plötzlich alles ganz rasch. Freunde wurden die beiden danach aber nicht mehr. Peter Koch war gut vernetzt und der damalige Bürgermeister seiner Frau nicht immer treu gewesen.

Als das Grundstück neben dem Diner zum Verkauf stand, schlug er zu und ließ das Flachdachgebäude aufstocken und erweitern. Von außen wirkte das Gebäude mittlerweile etwas veraltet, mit seinen großen Elementen aus Glasbaustein und der Neon-Reklame. Innen kam zwar mittlerweile LED-Technik zum Einsatz, aber etwas angestaubt wirkte das Interieur dennoch. Die Lederbänke waren verschlissen und das klassische schwarzweiße Karo-Muster der Bar war an manchen Stellen nicht mehr zu erkennen.

In der Glasfront verriet eine Laufschrift die Angebote des Tages. Jedoch nicht dieses Tages. Der Text wurde nur sporadisch geändert.

Joshua hatte keinen Hunger und achtete nicht darauf, was das vermeintliche Angebot des Tages sein mochte.

Heute war das Diner nicht sehr stark frequentiert. In den kalten Monaten bekam man zu dieser mittäglichen Zeit kaum noch einen Platz. Joshua winkte dem Mann an der Theke zu und bestellte bei ihm im Vorübergehen eine große Cola Zero. Er nahm am letzten Tisch Platz. Kaum, dass er Platz genommen hatte, hielt ihm der Mann, der ihm gegenübersaß, einen Löffel unter die Nase.

„Probier‘ mal. Das ist großartig."

„Wäh, nee, mir ist schon schlecht. Was tust du dir nur schon wieder an? Man ist, was man isst."

Joshua tat so, als müsse er würgen.

Manfred Krüger legte den Löffel auf den Teller vor sich, beugte sich zurück und stützte sich mit ausgestreckten Armen am Tisch ab, was den Eindruck der Empörung verstärken sollte.

„Na hör‘ mal. Wäh? Das ist Chili sin Carne."

„Das beste der Stadt", ergänzte der Mann von der Theke, während er Joshua seine Cola servierte.

„Sin Carne? Ohne Fleisch? Muss ich mir Sorgen um dich machen?"

Manfred beugte sich wieder über den Teller und löffelte sein Mittagessen weiter.

„Willst du mich nur demütigen oder willst du mir auch noch anderweitig auf die Nerven gehen?", fragte Krüger mit vollem Mund und in dem für ihn typischen ruhigen Tonfall. Nur sehr selten wurde seine Sprache schneller oder lauter. Es gehörte einiges dazu, Manfred aus der Fassung zu bringen. So richtig hatte Joshua das noch nie erlebt. Er wirkte in der Umgebung irgendwie, wie ein Alien. Sein ehemals volles Haar war etwas dünner geworden. Den Eindruck des fast eckigen Kopfes verstärkte der Seitenscheitel und das dünne Haar, welches horizontal auf dem Kopf lag. Er war stets ordentlich rasiert und trug einen Anzug mittlerer Preisklasse mit Krawatte. Sein kurzer, dicker Hals ließ ihn korpulenter erscheinen, als er tatsächlich war. Wenn es drauf ankam, war er trotz seines Alters flink wie ein Wiesel. Wie er dort so saß, wirkte er etwas bräsig, schwerfällig, dümmlich. Aber seine wachen Augen nahmen durch die große rechteckige Brille das Umfeld genau wahr. Und niemand bemerkte es. So oft war er unterschätzt worden, der ‚Opa', wie er oft genannt wurde. Seine Unscheinbarkeit war vielleicht seine schärfste Waffe.

„Geht's um die verschwundenen Buben?", fragte Manfred, wiederum ohne aufzusehen.

„Woher…? Ja in gewisser Weise schon."

Manfred legte den Löffel beiseite, tupfte sich mit der Serviette den Mund ab und lehnte sich zurück.

„Du hättest ja ruhig 5 Minuten später kommen können", sagte Manfred und deutete auf den Teller vor sich.

Joshua zog den Teller an sich heran und begann den Rest der ehemals üppigen Portion zu verspeisen. Es schmeckte ihm besser, als er es erwartet hatte.

„Ach Manni, da haben wir uns wieder etwas aufgehalst."

„Wir? Du! Du hast dir etwas aufgehalst. Dann gleich zwei Vermisste! Als ob einer nicht schon genug Arbeit bedeuten würde."

Es klang wie ein sanft vorgetragener Anschiss. Ein kleines Stück weit war es das auch, aber dennoch würde Manfred alles tun, was zu tun sein würde. Und darüber hinaus. Das war auch der Grund, warum er mit knapp 60 noch Polizeioberkommissar war. Er nahm niemals ein Blatt vor den Mund und sprach mit den engsten Kollegen, mit Zeugen und Vorgesetzten auf die gleiche Weise. Und duzte fast jeden, der jünger war als er. Außer vor Gericht.

„Nun denn, ich werde mir noch einen Espresso bestellen und dann geht's los."

Er gab dem Mann an der Theke ein Zeichen und der verstand sofort. Kurz darauf hörte man schon das Zischen und Pfeifen der Espressomaschine.

Joshua beugte sich vor und kniff Manfred mit Zeige- und Mittelfinger in die Wange. Der ließ es sich klaglos gefallen.

„Was glaubst du", fragte Joshua, zwischen zwei Löffeln des fleischlosen Chilis, „ab wann bekommen wir eine Handyauswertung?"

„Von wem?"

„Na, vom Handybetreiber."

„Von welchem der Vermissten, du Nase."

„Na, von beiden."

„Der eine ist doch öfters Haus und Hof ferngeblieben, oder? Da könnte es schwierig werden. Aber auch sonst frühestens morgen. Mit ganz ganz viel Vitamin B."

„Woher weißt du eigentlich das alles schon? Hast du mit Jan telefoniert?"

„Nö. Mit einem ganz doll aufgeregten Kriminalrat", antworte Krüger, während er sich mit dem kleinen Finger etwas aus den Zähnen puhlte.

„Was hat er…? Ach, das will ich gar nicht wissen. Hast du ihn beruhigen können?"

Manfred nickte und lächelte verschmitzt.

Der Espresso wurde serviert. Joshua bestellte eine doppelte Portion Pommes rot/weiß, weil er glaubte, für den Rest des Tages Nervennahrung gebrauchen zu können.

„Ja und nu?“, fragte Manfred, der sich nur quer auf die Lederbank gesetzt hat und dessen Augen nun einem Anwalt folgten, der gerade aus dem Justizzentrum kommend das Diner betrat. Manfred schaute düster. Als der Jurist ihm verlegen zunickte, lächelte Manfred übertrieben.

„Tach Herr…äh…Dokta.“

Der Mann machte kehrt und nahm ein paar Tische hinter den beiden Platz.

„Arschloch!“, sagte Manfred in einer Lautstärke, dass der Anwalt es noch hätte hören können, während er am Espresso nippte.

Joshua war es gewohnt und reagierte nicht weiter darauf. Etwas gedankenverloren bemerkte er: „Ihr beiden werdet wohl keine Kumpels, der Klipp und du?“

„Ich habe doch euch“, erwiderte Manfred trocken.

„Also, ich brauche mehr Details, mein Junge!“

Joshua berichtete Manfred, was er schon in Erfahrung gebracht hatte.

Manfred sagte nichts, nachdem Joshua seine Ausführungen beendet hatte. Schließlich sagte er:

„Keine Luft zu kriegen, ist richtig Kacke.“

„Hmm?“

„Na Asthma!“, sagte er und legte sein Dosier-Aerosol auf den Tisch. Auch Manfred litt an der chronisch obstruktiven Lungenerkrankung und Asthma. Das Rauchen hatte er nie ganz bleiben lassen können, dafür war er zu sehr ein Genussmensch, aber mehr als ein halbes Dutzend Zigaretten pro Tag rauchte er nicht mehr.

„Ist er ein Verzauberter oder ein Doppelseitiger?“

Joshua war Manfreds Sprache gewohnt.

„Wenn du mich fragst, ist der Sören verzaub… äh schwul und der Birger…? Tja, laut der Mutter wohl auch. Wenigstens doppelseitig, bisexuell.“

„Finden wir raus.“ Manfred schickte sich an, aufzustehen, doch, nachdem die Pommes serviert worden waren, setzte er sich wieder und aß einige davon. Dann stand er kauend auf und verabschiedete sich mit einem Klaps auf Joshuas Schulter, sagte aber nichts mehr.

Aus einiger Entfernung hörte Joshua, wie Manfred Doktor Klipp übertrieben freundlich einen guten Appetit wünschte. Dem Juristen Klipp fiel daraufhin die Gabel aus der Hand. Joshua grinste und schüttelte mit dem Kopf.

16

Das Grübeln hatte ihm eine mächtige Migräne beschert.

„Na, wenigstens muss ich den Raum nicht verdunkeln."

Das Lachen blieb ihm im Hals stecken. Die feuchte, moderige Luft setzte ihm zu. Die Bronchien pfiffen immer lauter. Husten konnte keine Besserung herbeizuführen, es war erfolglos. Er versuchte, gleichmäßig zu atmen und sich zu beruhigen. Das würde helfen. So hoffte er. Sein Magen knurrte. Aber die Schokolade auf dem Tischchen hatte er nicht angerührt. Er hatte noch etwas Wasser getrunken. Aber nicht zu viel. Er wusste ja nicht, wann er wieder etwas bekommen würde. Er lag flach auf seinem metallischen Bett. Die Ruhe, die ihn umgab, linderte seine Atemnot etwas.

Er lauschte den Vögeln, ab und an landete einer auf seinem Gefängnis. So klang es zumindest. Ein Stockwerk über ihm dürfte es eigentlich nicht geben, vermutete er.

Er überlegte und überlegte, wo er sein könnte. Die geistige Anstrengung ließ seine Migräne stärker werden. Sobald er die Augen öffnete, flimmerte es. Eine Aura. So schlimme Kopfschmerzen hatte er schon lange nicht mehr gehabt.

Birger schloss die Augen und lauschte.

‚Was war das für ein Geräusch? Eine Autotür?'

Es war so kurz und so entfernt gewesen, dass er sich nicht sicher war, ob er sich dieses Geräusch nur eingebildet hatte. ‚Schritte?'

„Hallo! Helfen Sie mir! Ich bin entführt worden! Hiiiiiiilfe!“ Die Schritte kamen näher und wurden schneller. Bevor er erneut rufen konnte, flog die Tür auf. Sie prallte am Anschlag ab und dann traf sie die Kreatur, die in der Tür stand. Birger konnte nur die Umrisse erkennen. Ob groß oder klein, vermochte er nicht zu erkennen.

Die Gestalt kam näher und versetzte ihm einen Faustschlag. Sein Kopf prallte auf den Tisch. Er war benommen. Am Hinterkopf stellte sich ein Gefühl der Wärme ein. Es war das Blut, welches aus einer großen Platzwunde troff.

Noch bevor er einen klaren Gedanken fassen konnte, knebelte ihn sein Peiniger. Dann holte er eine Plastiktüte in den Raum und stellte ein paar Dinge auf das Tischchen neben Birger.

Der versuchte, die Gestalt zu identifizieren, aber es gelang ihm nicht. Zwar war der Raum durch das Licht, welches durch die offene Tür drang, nicht mehr ganz so dunkel, aber sein Zustand, der schwere Schlag, ließen keine klaren Gedanken zu. Er glaubte, eine Sturmhaube gesehen zu haben, aber ganz sicher war er sich nicht.

‚Sturmhaube? Sturmhaube! Hmm, das heißt, der Kerl will nicht, dass ich ihn erkenne. Wollte er mich abmurksen, dann brauchte er sich doch nicht maskieren? Oder, stimmt doch…?‘, versuchte er sich selbst zu beruhigen.

‚Die Gestalt, ist es eine Frau? Eher nicht! Oder doch?‘

Sie hatte in der Ecke des Gefängnisses herum genestelt. Birger hatte sie aus dem Blick verloren. Dann kam sie wieder näher. Er spürte, wie die Gestalt eine Hand unter seinen Slip schob und seinen Penis berührte. Birger durchfuhr ein Schauer des Ekels. Die Gestalt atmete schwer. Birgers Gedanken rasten. Sollte er versuchen, das Arschloch KO zu hauen? Er überlegte, ob der den Schlüssel für seine Fessel dabeihaben würde.

Doch dann zog die Gestalt die Hand zurück, wandte sich ab und ging. Wenige Augenblicke später hörte Birger wieder die Autotür. Das Starten des Motors hörte er nicht.

17

Am Bahnhof Oberhausen war nichts los gewesen. Heute war so ein Tag, da wären ihm die immer selben Geschichten von Atlantik-Gerd oder dem Zitteraal Anton eine willkommene Abwechslung gewesen. Die Einsamkeit, die Ruhe in seiner Wohnung waren für ihn unerträglich geworden. Wie so oft an solchen Tagen, wo man eigentlich an den See geht oder ins Schwimmbad. Beides kam für ihn nicht infrage. Er schämte sich für seinen verhärmten Körper, die Narben, die der jahrelange Missbrauch in der Kindheit und Jugend nach sich gezogen hatten, die Narben, die er sich in verzweifelten Momenten selbst beigebracht hatte.

Zitteraal-Anton hieß so, weil er permanent heftig zitterte und deshalb auch keine Kurzen, keine Schnäpse, mehr trinken konnte. Aber er trank den Korn ohnehin schon seit Jahren aus der Flasche. Den billigsten Fusel. Kopfschmerz in der Buddel, sagte er immer dazu.

Der Klaus, der eigentlich immer am Bahnhof Augsburg-Oberhausen herumlungerte, war gerade in Untersuchungshaft. Er hatte versucht, die Doris zu vergewaltigen. Er stritt es ab, aber er war so trottelig, über die Tat zu sprechen. Er hatte am Telefon versucht, Zeugen einzuschüchtern. Dabei hatte er nichts Bedrohliches an sich. Die Jungs nannten ihn ‚das Krischperl', was ein Begriff für ein kleines Männchen war. Das passte auch gut zu ihm. Aber, als würde die Vergewaltigung nicht schon schwer genug wiegen, ergab ein DNA-Abgleich, der im Zuge dieser Vergewaltigung durchgeführt worden war, dass das Krischperl an einem 20 Jahre zurückliegenden Mord an einer Prostituierten beteiligt gewesen sein muss.

„So oder so. Den Kerl ist an Arsch!“, hatte Atlantik-Gerd die Situation zusammengefasst. Ein Prozesstermin stand noch nicht fest und die Gespräche drehten sich im Kreis. Das taten sie eigentlich immer und der Alkohol vermochte die stumpfsinnigen Gespräche nicht mehr ganz zu verdecken.

Deshalb hatte er sich heute früher als sonst auf den Heimweg gemacht. Er hatte Angst vor der Einsamkeit in seiner Bude, in die er niemanden je eingeladen hatte, und in die niemand freiwillig ein zweites Mal zurückkehren würde. Es sei denn, es gäbe Alkohol.

Mit schweren Schritten stapfte er die alte Holztreppe hinauf. Jede Stufe gab einen anderen Laut von sich, dabei wog er kaum 60 Kilogramm. Die dicke Trulla aus dem Dritten hatte er lange nicht mehr gesehen. Vermutlich würde die fette Kuh gar nicht mehr hinaufkommen und sich nun die Fressalien in die Wohnung bringen lassen.

Als er auf seiner Etage angekommen war, erschrak er. Die Türe stand einen Spaltbreit offen und auf dem Innern waren Geräusche zu vernehmen. Wer, um alles in der Welt, war bei ihm eingebrochen? Es gab doch nichts zu holen. Das Wertvollste war eine Armbanduhr für 40 Euro und die trug er gerade. Er schloss extra immer zweimal ab, vor allem, wenn er zu Hause war aus Angst, die Geister seiner Vergangenheit könnten zurückkehren. Misshandelte Buben, von denen heute einige ausgewachsene Männer waren.

Mit zitternden Knien betrat er die Wohnung und folgte den Geräuschen, die aus der Küche kamen. Als er die Tür zur Küche öffnete, erstarrte er.

18

Jan hatte sich nie großartig Gedanken darüber gemacht, aber in seiner Vorstellung lebten Soldaten in Häusern in oder vor der Kaserne. Es würde sich ja kaum lohnen, sich häuslich niederzulassen, wenn man doch alle zwei oder drei Jahre versetzt wurde. Vielleicht entstammte die Vorstellung seiner Affäre mit Heike. Die lebte in einem dieser Häuser vor dem Fliegerhorst in Penzing. Ein paar Häuser, eine Mauer drum rum. Scheußlich fand er das. Er hatte ihr unverblümt mitgeteilt, dass das den Charme von Berlin Hohenschönhausen hatte und nur noch der Stasi-Knast auf der anderen Straßenseite fehlte. Sie war die brutale Art von Jan gewohnt und hatte es ihm nicht übel genommen. Eigentlich war es genau das, was sie anzog. Das und seine attraktive Erscheinung. Das war bei allen Frauen so.

Dass die Öffnung in der hohen Mauser, welche die öde Häusergruppe in Penzing umschloss, nicht bewacht wurde, verblüffte ihn fast. So nah an seiner Arbeitsstätte würde er nicht wohnen wollen, wohnen können. Es waren die Penzinger Wohnungen ursprünglich für Amerikaner geplant worden. Kein Windfang, kein Korridor, dingdong und der Gast stand direkt in der guten Stube. Scheußlich.

Aber die Wohnanlage, in der Familie Heiß lebte, gefiel ihm durchaus. Es war vom Stil, Alter und Ausstattung ungefähr wie sein eigenes Zuhause. Nur, dass man in Augsburg deutlich mehr zahlte als im Umland. Aber die günstige Lage Untermeitingens, direkt an der Bundesstraße, unweit der Lindauer Autobahn, hatte zuletzt die Preise auch hier deutlich nach oben getrieben.

Auf dem Parkplatz standen Fahrzeuge der oberen Mittelklasse.

Audi A4, BMW X3, Golf GTI. „Wenigstens diesmal keine Assis", sagte er halblaut. Ein ihm entgegenkommender Mann in einem billigen Anzug, sah ihn mit leerem Blick an, sagte aber nichts.

„Servus", sagte Jan in übertrieben freundlichem Tonfall.

Kaum hatte er den Knopf der Türklingel betätigt, summte der Türöffner.

„Birger?", fragte eine weibliche Stimme über die Gegensprechanlage. Sie klang fast flehend.

„Kripo!"

Roswitha Heiß stand kreidebleich in der Wohnungstüre. Kaum, dass Jan sie erreicht hatte, fragte sie ihn, ob er etwas Neues wüsste.

„Leider nein. Aber lassen Sie uns das drinnen besprechen."

Birgers Mutter zögerte einen Moment und führte Jan in das Esszimmer. An den Wänden im Korridor hing ein Bild aus der Südsee von Paul Gaugin und ein paar Fotografien von der Nordseeküste. Keine traumhaften Strände. Vielmehr Buhnen, Beton, Aufschüttungen, die notwendig waren, die Küste vor der rauen See zu schützen. Aber wieso hängte man sich diese trüben Fotos in die Wohnung? Ob das wohl der Geist sei, der in dieser Familie vorherrschte, fragte sich Jan. Er sprach eine Weile mit Roswitha Heiß und versuchte, wertvolle Informationen herauszubekommen. Aber das war nicht der Fall. Birgers Schwester Femke war die ganze Zeit zugegen gewesen.

„Gut, bis hierhin vielen Dank, Frau Heiß. Nun würde ich gerne noch kurz mit ihrer Tochter sprechen. Würden Sie uns einen Moment alleine lassen?"

Roswitha Heiß war ihre Verblüffung anzusehen. Zögerlich verließ sie den Raum und schloss die Tür hinter sich. Ihr Ausdruck glich dem eines beleidigten Kindes.

Jan stand auf und der Blick Femkes wirkte nun noch ängstlicher als zuvor.

Jan schaltete das Radio ein und drehte es auf Zimmerlaufstärke.

Er zog einen Stuhl vom Tisch und bedeutete Femke, auf diesem Platz zu nehmen. Jan überkam der Gedanke, wie sehr die Jungs hinter diesem Mädchen her sein müssten. Denn sie hatte ein makelloses Aussehen und ähnelte ihrem Bruder sehr.

Auch der kummervolle Ausdruck vermochte nicht, ihre Attraktivität zu mindern.

Er schüttelte den Gedanken ab, räusperte und wandte sich der jungen Frau zu.

„Erzähl!“

Femke schluckte.

„Was… wie erzähl“

„Du möchtest doch deinen Bruder bald und unversehrt zurückbekommen…?“

„Ja klar!“, antwortete Femke fast empört.

„Das wollen wir auch und aktuell sind die drei besten Kommissare Bayerns damit beschäftigt, deinen Bruder zu finden. Ich bin einer davon. Aber dazu ist es ganz wichtig, dass wir alles über deinen Bruder wissen.“

„Ja, ja klar, aber sie wissen…“, Femke schluckte, „Sie wissen doch schon alles.“

Jan lächelte gütig, dabei war er latent genervt. Wie so oft.

„Dass du mir etwas verschweigst, kann ich greifen, Süße. Also, raus damit jetzt. Deine Eltern müssen es ja nicht unbedingt erfahren.“

Femke wurde zunehmend nervös, starrte jedoch nur auf den Tisch vor sich.

Jan ließ sie eine Weile überlegen.

„Könnte es mit seiner Freundin zu tun haben? Gab es vielleicht eine Andere? Oder einen Anderen?“

Nun schaute Femke auf, als fühlte sie sich ertappt.

„Was, wie kommen...“

„Okay, also ein Anderer?“

Femke ließ den Kopf wieder sinken und fuhr fort.

„Nein, das nicht, aber...“

„Er traf sich mit Jungs?“

„Nein! Also, ich weiß nicht genau, aber...“

„Er hat dir gesagt, dass er Jungs anziehend findet?“

„Hmm, ja, aber...“ Ihre Stimme versagte.

„Aber er würde es euren Eltern nicht sagen können? Vor allem deinen Eltern?“

Femke nickte.

Jan fiel es immer schwerer, Geduld zu bewahren. Diese Information war nicht neu. Was ist das für eine Familie, wo die Tochter sich nicht auszusprechen getraut, was der Vater der Polizei längst mitgeteilt hatte. Jan ging nicht darauf ein, dass er über die Neigungen Birgers Bescheid wusste.

„Hat er Jungs getroffen? War er gestern auf dem Weg zu einem Date, als er mit dem Rad losfuhr?“

Femke zögerte. „Ich weiß es nicht. Aber...“

„Aber es ist durchaus möglich?“, hakte Jan nach.

„Hmm ja.“

„War er auf Datingapps unterwegs und wenn ja, welche waren es?“

Femke nannte die beiden Standard-Plattformen, die auch sein Partner Joshua regelmäßig nutzte.

„Hat er einen Laptop? Oder Computer?“

„Beides.“

„Die werden dann gleich abgeholt. Du könntest vielleicht gucken, ob der Birger irgendwo Zettel rumliegen hat, auf dem er Passwörter notiert haben könnte. Das wäre nicht das erste Mal, dass wir auf die Weise weiterkämen.“

Jan legte seine Hand auf die von Femke. Sie war eiskalt.

„Gibt es sonst noch was, was du loswerden möchtest?“

Femke überlegte kurz und zuckte mit den Schultern.

„Okay, ich möchte, dass du uns etwas hilfst. Später kommt ein Kollege aus der Kriminaltechnik hierher. Das ist der Jonathan Zöllner. Unser Computernerd. Der hat so ein Programm, mit dem er Passwörter knacken kann. Dazu braucht er von dir so viele Schlüsselwörter wie möglich. Wörter, die zu Birger passen und die er wenigstens teilweise als Passwort genommen haben könnte. Dazu wird der Computer mit Jahreszahlen und so weiter gefüttert und manchmal klappt das.“

„Ja, okay. Das kann ich…“

Femke konnte den Satz nicht beenden, weil plötzlich Wolfgang Heiß in Uniform in der Tür stand.

„Sagen Sie mal, wieso belästigen Sie meine Familie? Wie wäre es, wenn Sie mir meinen Jungen zurückbringen?“

Jan stand seelenruhig auf und wandte sich zum Gehen. Neben Heiß blieb er stehen.

„Es liegt Ihnen wohl viel an dem Jungen?“

Heiß schrie ihn an:

„Ja natürlich, was soll diese Frage?“

Jan blieb ruhig.

„Dann wäre es besser, wenn Sie uns solche Kleinigkeiten wie das Asthma Ihres Sohnes zukünftig sofort mitteilten.“

Jan starrte den Offizier noch einen Moment an, als er sich abwandte und ging. Im Hintergrund schluchzte Roswitha Heiß.

„Pfeife“, murmelte er auf halbem Weg zur Wohnungstür.

„Bitte?“, rief Wolfgang Heiß ihm nach.

„Pfüati! Wir sehen uns.“

Jan war genervt, als er nach dem Besuch bei Familie Heiß in den Wagen stieg.

„Zeitverschwendung“, murmelte er und startet den Motor.

19

„Herr Kommissar... wa... was haben Sie in meiner Küche zu suchen?"

Manfred Krüger ging einen Schritt auf Friedhelm Habricht zu und tippte mit dem Finger auf seine Brust. Krüger, mit einsachtundsiebzig auch nicht von sehr großer Statur, überragte den Wohnungsinhaber um gut einen Kopf.

„Du bist mal ganz ruhig, Freundchen. Wer in Gottes Namen bewahrt Kaffeefilter im Backofen auf? Jahaa, den Schnaps hat der feine Herr ordentlich im Kühlschrank gelagert. Wobei ordentlich ein unpassendes Adjektiv ist. Wie kann man sich in so einem Schweinestall wohlfühlen? Hier hat es doch gewiss auch Mäuse...". Krüger sprach wie immer ruhig und in gleichbleibender Geschwindigkeit. Dennoch setzte er Friedhelm sichtlich zu.

„Ich, ähm, ich hatte lange keinen Besuch mehr, deshalb..."

„Was für eine Überraschung. Der Fiete hatte lange keinen Besuch mehr..."

Krüger ging an die Kaffeemaschine, die er aus allerhand Gerümpel auf der Arbeitsplatte hervorgezogen und gründlich gesäubert hatte, und schenkte sich ein. Fiete bot er keinen Kaffee an.

Als Manfred auf dem klapprigen Stuhl, der ihn an seine Jugend erinnerte, Platz nahm, stand Fiete immer noch in der Tür. Seine Aufregung war ihm ins Gesicht geschrieben und seine

Knie schlotterten in der viel zu großen Manchester-Hose, wie sie Maurer oder Tischler üblicherweise während der Arbeit trugen.

Krüger nippte am Kaffee und behielt Friedhelm im Blick.

„Kein Besuch, hmm? Auch keine kleinen Jungs?“, fragte er, während er in die Tasse blies.

Habricht ging einen Schritt auf Krüger zu.

„Aber Herr Kommissar, Sie wissen doch, dass ich niemals mit...Jungs!“

„Minderjährige... Nun setz dich endlich hin, du machst es noch ungemütlicher, als es hier eh schon ist.“

„Das waren junge Männer. Ausgewachsen.“

„Wo bewahrst du dein Haloperidol auf?“

Fietes verhärmtes Gesicht hellte sich etwas auf.

„Netter Versuch Herr Kommissar, aber sowas habe...“

Krüger stand auf und sprach Fiete aus kaum einer Handbreit Entfernung mitten ins Gesicht.

„Findest du das lustig? Junge Männer betäuben und misshandeln, ist lustig?“

Fiete wurde leichenblass. Krüger setzte sich zurück und nahm einen weiteren Schluck Kaffee, während er Fiete weiter genau beobachtete. Der hatte Schweiß auf der Stirn und seine Augen glänzen.

„Na?“

„Das ist lange vorbei, Herr Kommissar. Ich habe jetzt...“, antwortete er mit zittriger Stimme.

„Na, was?“, Manfred Krüger lachte ungläubig. „...ein besseres Leben, ist es das, was du sagen willst? Du spritzt doch wieder?“

„Aaa…ab und an ein Bier, das ist alles. Mit meinen Kumpels am Bahnhof. Aber wir tun niemandem was."

„Nee, nur hin und wieder eine kleine Vergewaltigung oder Tötung einer Prostituierten, gell?"

„Damit habe ich nichts zu tun…"

„Wann warst du das letzte Mal mit einem Mann zusammen?"

„Sie meinen…"

„Ja doch", antwortete Krüger. Zum ersten Mal klang er etwas ungeduldig.

„Das weiß ich nicht mehr so genau. Anfang des Jahres?"

„Ah okay. Na dann."

Fast machte sich Erleichterung bei Fiete breit, bis Krüger plötzlich seine Stimme erhob.

„Fiete, hier stinkt es und ich bin müde. Ich möchte hier keine Sekunde länger bleiben, als unbedingt möglich, also nun rede endlich. Dass du etwas weißt, kann ich greifen."

„Nein, eigentlich nicht. Aber ich sage ihnen gleich, dass ich kein Alibi habe."

„Woher willst du das wissen? Ich habe dir doch noch gar nicht gesagt, für welche Zeit du ein Alibi brauchtest."

„Hmm, stimmt auch wieder. Ich wollte nur sagen, dass ich die letzte Zeit viel alleine war und höchstens mal ab und zu telefoniert habe."

„Ja ja, jetzt erzähle mir erstmal, was dir eben durch den Kopf gegangen ist."

Friedhelm stellte sich dumm, dass er etwas verbarg, war für Manfred jedoch offensichtlich.

„Los jetzt“, sagte Krüger streng und Friedhelm zog sich einen Stuhl heran und setzte sich rücklings auf diesen. Seine Bewegungen waren ungelenk. Er stieß an den Tisch, sodass ein Glas zu Boden fiel. Es blieb ganz, aber Friedhelm schien es gar nicht bemerkt zu haben.

„Also, also ich weiß auch nicht. Bestimmt ist das nicht...“

„Das lass du mal schön mich entscheiden.“

„Also da kommt ja hin und wieder der Fynn aus Hamburg zur Trinkhalle. Meistens bleibt er nur ganz kurz. Der verkauft seinen Po und bei uns ist ja nichts zu holen.“

„Wie alt ist der? Wo wohnt der?“

„Wie alt mag der sein? Ich bin so schlecht im Schätzen...“

„Nicht nur darin“, murmelte Manfred. Fiete beachtete es nicht.

„Mitte 20. Der ist vielleicht hübsch. Nur Zähne hat er nicht mehr alle. Das ist auch kein Wunder, bei dem losen Mundwerk, was der haben tut.“

„So und was ist nun mit dem?“

„Ja, also der, der Fynn, hat was erzählt. Das bekomme ich nicht mehr so richtig auf die Kette. Aber es lief darauf hinaus, dass ein Kerl den Fynn K.O. machen wollte.“

„Wie? Tropfen im Drink?“

Fietes wurde verlegen, hatte er doch selbst Derartiges bereits getan.

„Hmm, ja genau.“

„Wie hat der das bemerkt, der Fynn?“

„Er wollte auf den Pott und hat gesehen, dass der Kerl irgendwas ins Bier geträufelt hat. Weil die Musik so laut war, hat dieser Kerl das nicht mitbekommen, dass der Fynn ihn beobachtete."

„Was hat der noch gesagt über den Kerl? Personenbeschreibung und Wohnort?"

„Augsburg!", antwortete Fiete und schaute den Kommissar an, als erwartete er Applaus.

„So, Augsburg. Etwas genauer hast du es nicht?"

„Ja wissen Sie, Herr Kommissar, das ist ja nun auch schon wieder ein paar Tage her und ich war auch nicht ganz nüchtern, als der Fynn das erzählte."

„Wer war noch dabei, als dieser Fynn von der Story erzählte?"

Fiete zögerte und es schien, als würde er tatsächlich nachdenken.

„Niemand, nur ich."

Krüger rückte näher an Friedhelm heran und sah ihn eindringlich an.

Ruhig fragte er: „Das alles hast du dir doch eben ausgedacht, Fiete. Es gibt keinen Fynn und den großen Unbekannten mit K.O.-Tropfen ebenso nicht."

„Doch", stieß Fiete hervor. „Dass es Fynn gibt, da können Sie alle fragen. Auch, ob meine Beschreibung passt. Und erzählt hat der das alles genau so, wie ich es eben erzählt habe."

Am Tonfall Fietes erkannte Krüger, dass er wohl doch die Wahrheit sagte. Er klang wie ein Kind, welches fälschlicherweise beschuldigt wurde, einen Keks gestohlen zu haben.

„Aha, fällt dir sonst noch was ein?"

Fiete dachte nach. Auch jetzt wirkte er wie ein Kind, welches sich sehr anstrengte, um ja nichts Falsches zu tun.

„Nee, im Moment nicht."

„Wie ist denn dieser Fynn so angezogen? Hat der besondere Merkmale?"

„Der ist voll chic immer und sauber. Wäre die Sache mit den Zähnen nicht, könnte der glatt als Model durchgehen."

Fiete lächelte und hielt sich die Hand vor den Mund, weil er sich in dem Augenblick über sein eigenes lückenhaftes Gebiss bewusst wurde.

„Sonst etwas, was es mir erleichtert, den Burschen zu finden?"

„Ein Tattoo auf der linken Backe. Arschbacke natürlich. Es ist ein Adler oder Condor. Habe ich vergessen. Ich habe auch leider nur ein Foto davon auf seinem Handy gesehen. Auch nur ganz kurz."

„Na prima. Wenn dir noch was einfällt, melde dich sofort, okay. Wenn du diesen Fynn irgendwo siehst, bring ihn mir. Dann gibt's auch eine kleine Belohnung."

Fiete lächelte. Als Krüger sich anschickte zu gehen, sprang Fiete auf und wieder fiel etwas zu Boden.

Im Gehen drehte Krüger sich noch einmal um und wandte sich an Fiete.

„Räum mal bissl auf und beerdige die Ratte unter dem Kühlschrank, wie es sich gehört."

Fiete lief rot an.

20

Elias war enttäuscht, aber nicht wirklich überrascht. Dass seine Schulkameraden stumpfsinnige Idioten waren, hatte er längst realisiert. Es aber nun so deutlich zu erfahren, wo ihm einzig Inka als Hilfe zur Verfügung stand, war ernüchternd. Natürlich würde ihm Dominik helfen, wenn er darum bitten würde, aber der wäre eine noch schlechtere Hilfe als Inka, das blonde Mädchen, mit dem fast weißen Pferdeschwanz, welches er am Vormittag im Beisein von Direktor und Polizei noch angeschnauzt hatte. Sie war eine treue Seele und er brachte es nicht übers Herz, sie fortzuschicken. Er redete sich selbst ein, dass sie vielleicht doch noch eine gute Idee haben könnte. Wirklich glauben tat er es nicht.

Nun saßen die beiden im Eiscafé, im Freien war kein Platz mehr frei gewesen, und schwitzten. Aber sie nahmen es kaum wahr.

„Nein, Elias, das kann kein Zufall sein. Das Verschwinden der beiden, praktisch zur gleichen Zeit."

Elias verdrehte, für Inka nicht sichtbar, die Augen.

„Soweit waren wir doch schon. An den Zufall glaube ich auch nicht."

„Vielleicht ist Sören schon wieder aufgetaucht..."

„Hmm, vielleicht..."

Elias' Gedanken waren nicht bei Sören. Allenfalls so weit, wie der Schlüssel zum Verschwinden der beiden bei Sören zu finden sein könnte.

„Ich glaube, wir denken zu kompliziert“, sagte Inka, während sie an die Decke starrte.

„Na?“, hakte Elias ungeduldig nach.

„Der Sören hat ihn entführt. Punkt.“

Elias wandte seinen Blick langsam zu Inka. Bevor er darauf antworten konnte, unterbrach der Kellner, dem es missfiel, dass die beiden sich die ganze Zeit an einer Tasse Kaffee festhielten.

„Drei große Spaghettieis. Erdbeere, Klassik und Kiwi und dazu noch mal so einen“, er deutete auf die Tasse vor sich, die er sogleich mit einem Zug leerte.

„Und du Schatz?“, wandte er sich an Inka. Sie presste stotternd hervor:

„Dasselb… nein ich meine nur ein Spaghettieis, groß und einen Latte.“

Der Kellner tippte es in den Tablet-PC, welches er hielt, wie man eine Bürste halten würde, wenn man vorhatte, ein Pferd zu striegeln, und ging verdutzt von Dannen.

„Der Sören war… ähm… ist ein Schwächling. Wie soll er das angestellt haben?“

„Mit List und Tücke und vielleicht einem Narkotikum.“

Elias gefiel nicht, was Inka sagte. Allein der Gedanke, dass der stinkende Sören ‚seinen‘ Birger angefasst haben könnte, machte ihn krank und seine Laune verfinsterte sich noch weiter.

„Wenn es so sein sollte, kann der Dicke sich auf was gefasst machen.“

„Was machen wir, Elias?“

Bevor er hätte antworten können, sah er Jan und Lena Ahlberg in das Café kommen. Sie nahmen direkt am Eingang Platz.

„Da guck an, wen wir da haben. Das ist doch der Bulle, der vorhin bei Sörens Mutter war?“

„Komisch, die beiden wirken eher wie ein Liebespaar und nicht wie Polizist und Zeugin“, Inka kicherte künstlich.

„Psst“, machte Elias und versuchte krampfhaft etwas von der Konversation mitzubekommen. Inka hielt den Atem an und verfiel kurz darauf in eine Art Schnappatmung.

Elias sah sie an und überlegte.

Während er überlegte, bekam Jan einen Anruf. Es musste wichtig sein, denn er verabschiedete sich hastig und ging. Elias ging zu Lena Ahlberg und setzte sich zu ihr.

„Hey Lena, ich bin der Klassenkamerad, ein Klassenkamerad von Sören. Wieso hatte es der Bulle denn plötzlich so eilig?“

„Hmm, keine Ahnung. Er hat es mir nicht gesagt, aber ich habe Angst, schreckliche Angst.“

„Ich auch“, antwortete Elias, ging zurück ins Café, klatschte 70 Euro auf den Tresen und verließ hastig das Lokal.

Er hatte Glück, dieser Polizist hatte noch, an seinen Wagen gelehnt, telefoniert, bevor er mit quietschenden Reifen abfuhr. Die Richtung, in die er fuhr, konnte nur eines bedeuten.

21

Der Mann in dem altmodischen Trenchcoat und dem kurzen Hals fiel nicht weiter auf, in dem Gewusel vor dem Hauptbahnhof Augsburg. Es war das älteste noch in Betrieb befindliche Bahnhofsgebäude einer deutschen Großstadt. Besonders schön war es nicht. Ein schlichter, länglicher Bau, in dem sich mittig ein größeres rechteckiges Gebäude befand. Die Bahnhofshalle.

Damals, 1871, als das Gebäude im Stil des romantischen Spätklassizismus‘ eröffnet worden war, wie heute noch tummelten sich dort die Fahrgäste. Manfred würde vielleicht auf Außenstehende wie ein verwirrter Herr mittleren Alters wirken. Jedoch beobachtete er sein Umfeld ganz genau. Und er wusste, wonach er Ausschau halten musste.

Aber hier am Hauptbahnhof kam er nicht weiter. Ein paar Drogensüchtige, die sich im Bereich des Nordeingangs herumtrieben. Aber sonst? „Fehlanzeige“, murmelte er vor sich hin und ging gemächlichen Schrittes in Richtung Gleis 6.

Er hatte nicht lange warten müssen. Kaum 15 Minuten später kam der weißblaue LINT 41 der Bayerischen Regiobahn in Augsburg Oberhausen an. Hier hielten sie sich auf, die Alkoholiker und Drogensüchtigen. Das Bahnhofsgebäude sah fast aus wie eine kleinere Version des Hauptbahnhofs.

Die Menschen, nach denen er sich umsah, rochen Polizisten normalerweise 10 Meilen gegen den Wind. Aber niemand würde Manfred für einen Polizisten halten. Eher für einen Opa, der den

Enkel vom Bahnhof abholt.

Manfred schlenderte aus dem Bahnhofsgebäude und sah sich um. Dort rechts an der Bushaltestelle war keine Menschenseele. Vermutlich waren seine ‚Kandidaten' zuvor von der Bundespolizei vertrieben worden. Hinter den Müllcontainern, auf der gegenüberliegenden Seite, hielten sich ein paar Personen auf. Eine Frau und drei Männer.

„Halloooo", sagte Manfred, als wäre er einer von ihnen und würde im nächsten Zug eine Buddel Schnaps aus der Manteltasche ziehen.

„Was willst du, Opa?", fragte die Frau, deren Crystal Meth Konsum sich tief in ihr Gesicht gegraben hatte. Auch die typische gebrochene Stimme brachte Manfred sofort mit schwerem Drogenmissbrauch in Verbindung.

„Na, na, wieso so unfreundlich?"

Keiner antwortete.

Manfred zog die Schachtel Zigaretten aus dem Mantel, nahm sich eine Zigarette und zündete sie sich an. Währenddessen schaute er sich um.

„Sagt mal, wo finde ich denn den Fynn?"

„Wer will das wissen?", fragte einer der Männer, der den Geruch der Müllcontainer angenommen hatte. So wie er aussah, war die letzte Dusche Wochen und nicht Tage her gewesen.

„Wieso denn so unfreundlich? Wenn ihr mir helft, gibt es einen Döner für jeden. Oder einen Bosna, wie ihr wollt."

„Der Bosna schmeckt hier nicht. Zu wenig Zwiebeln, das Brot furztrocken und die Bratwurst noch arschkalt und außerdem…"

Einer der anderen Männer verpasste seinem Kumpel einen Stoß in den Rücken und stellte sich vor ihn.

„Wer soll denn das sein?", fragte der Mann in provozierendem Ton. Damit würde er bei Manfred jedoch keine Reaktion auslösen können.

„Ja, das weiß ich auch nicht so genau. Ein junger hübscher Mann, Mitte 20, der aus Hamburg kommen soll."

„Keine Zähne, hmm?" Der Mann grinste Manfred an und zeigte sein Gebiss, welches ebenfalls sehr lückenhaft war.

Der ungepflegte Schnauzbart hatte es zuvor etwas verdeckt.

„Wie sieht es aus? Wisst ihr was oder wisst ihr jemanden, der mir weiterhelfen kann?"

Der Mann, der sich kurz zuvor über die Bosna beschwert hatte, trat wieder einen Schritt vor.

„Und wa… was ist mit dem Dö… Döner?"

Manfred gab ihm einen Klaps auf die Schulter.

„Na klar, bekommt ihr den. Aber erzählt mir keine Märchen, das merke ich sowieso."

Der Zahnlose schaute kurz hinter sich. Die Frau nickte ihm zu.

„Der hat sich eine Zeit lang hier aufgehalten, aber er war schon lange nicht mehr da. Bestimmt so 2 oder 3 Wochen."

„Längaaaaaaa", kam es aus dem Hintergrund von der Frau.

„Ja, na ja, kann auch sein. Fragen Sie doch mal den Fiete, der hatte ein Auge auf den geworfen. Aber der Hamburger nicht auf ihn."

„Kein Wunder bei Fiete, der Missgeburt", das Lachen der Frau klang wie in einem Horrorfilm.

Manfred ignorierte es.

„Ja, mit dem habe ich schon gesprochen. Wer könnte denn

noch etwas wissen?“

Nun schienen sich die traurigen Erscheinungen wirklich anzustrengen, eine Antwort zu finden.

„Der Heinz“, entfuhr es dem Rädelsführer.

„Der Heinz hing dem Hamburger, Flinn oder wie der heißt…“

„Fynn!“, korrigierte Manfred.

„Ja ja, der hing dem ständig am Arsch. Der hat auch etwas Kohle. Vielleicht ist der Fynn bei ihm, beim Heinz.“

„Wo finde ich den Heinz? Habt ihr auch seinen Nachnamen?“

„Hier hat keiner einen Nachnamen, Herr Kommissar“, sagte der Mann, der bisher stumm geblieben war. Bevor Manfred hätte nachhaken können, ergänzte er:

„Der hatte so einen Kruscht-Laden in Göggingen. Angeblich Geldwäsche, aber sein Auto ist uralt und im Arsch, also viel kann da nicht gewaschen werden. Ich glaube, der handelt auch mit Schrottautos. Hat er zumindest mal. War aber bestimmt auch nicht so erfolgreich.“

„Kein Wunder, dumm, wie der ist“, sagte die Frau.

Seelenruhig zog Manfred seinen Geldbeutel aus der Gesäßtasche und gab jedem einen 10-Euro-Schein.

„Ich weiß schon, dass ihr davon kein Essen kauft, aber denkt wenigstens darüber nach.“

Dann gab er jedem seine Karte, winkte kurz, nachdem er sich schon abgewandt hatte und ging zurück zum Bahnhofsgebäude. Wenn diese Menschen am Müllcontainer eben die Wahrheit gesagt haben sollten, so müsste Manfred den ominösen Heinz relativ rasch ausfindig machen können.

Er zog sein Smartphone aus der Innentasche und sah zum

ersten Mal seit Stunden darauf.

12 Anrufe in Abwesenheit, 8 WhatsApp, die letzten drei mit Foto. Manfred wurde blass.

22

Die Zufahrt zu dem Feldweg, der zu dem kleinen Hain führte, war von Schutzpolizisten abgesperrt worden. Der Hain war nach Osten von der Gennach begrenzt und von der Wertach in westliche Richtung. An seinem nördlichen Ende floss die Gennach in die Wertach. Die beiden Flüsse formten das kleine Waldstück zu einer Art Dreieck.

Der Feldweg auch zu einem Zweifamilienhaus, welches im Schatten, unmittelbar am Waldrand lag. Dort hatten sich die Einsatzfahrzeuge versammelt. Die beiden Bullis von der Spurensicherung, Joshuas alter A6 und private Fahrzeuge, die Jan nicht kannte. Er parkte seinen BMW direkt hinter Joshuas Audi.

Als er ausstieg, hörte er Stimmen, darunter jene von Joshua. Er ging in die Richtung, aus der die Stimmen kamen. Der Wechsel von helllichtem Tag zur Dunkelheit des dichten Baumbestandes irritierte ihn derart, dass er einen der Kollegen fast umgerannt hätte.

„Ist es Birger?“, fragte er.

„Nein, der andere, Sören.“

„Hast du ihn gesehen“, fragte Jan an Joshua gerichtet.

„Nur aus der Ferne und auch nur kurz. Es war klar, dass da nichts mehr zu machen war, da wollte ich erstmal die Spurensicherung…“

„Hmm, klar“, sagte Jan und überlegte, dass er es Lena und der Familie baldmöglichst würde mitteilen müssen. Er ertappte sich bei dem Gedanken, dass er auf diese Weise Lena vielleicht näherkommen könnte, denn die junge Frau hatte es ihm angetan. Er schüttelte die Gedanken ab und schämte sich dafür, dass seine Gedanken in dieser Situation ausgerechnet in diese Richtung gingen.

„Was kannst du schon sagen?“, fragte er, nachdem er einmal durchgeatmet hatte.

„Es ist mit ziemlicher Sicherheit der vermisste Sören. Den Rest, na ja, den guckst du dir gleich vielleicht mit unverstelltem Blick selbst an.“

Joshua wandte sich ab und ging zu seinem Wagen, er steckte sich eine Zigarette an und setzte sich auf die Motorhaube seines Audis.

Jan wartete noch einen Moment und folgte Joshua, nachdem nicht erkennbar war, ob die Spurensicherung die beiden schon bald näher an den Leichnam lassen würde.

Jan lehnte sich an den Kotflügel und ließ seinen Blick über die Felder schweifen. Bei klarem Wetter würde man von hier aus die Alpen erkennen können.

„Darf ich es der Familie sagen?“

Joshua drehte seinen Kopf und schaute Jan verdutzt an.

„Das ist kaum der Zeitpunkt für Scherze, Bruder!“

„Es ist aber kein Scherz“, sagte Jan gedankenverloren. Sein Blick immer noch auf die Landschaft gerichtet.

„Wieso machst du sonst immer so ein Theater, wenn es darum geht, die Todesnachricht…“

Joshua bemerkte, dass er zu laut gesprochen hatte. Die

Anwohner waren zwar ins Haus zurückgeschickt worden, schauten dem Treiben jedoch von der Terrasse aus zu.

„Wenn du willst und mir versprichst, es angemessen zu tun, dann okay.“

Jan verdrehte für Joshua unsichtbar die Augen.

„Okay, dann warte ich noch auf die vorläufige Bestätigung… oder müssen wir auf den DNA-Abgleich warten?“

„Nee, das ist schon ziemlich sicher, dass er es ist. Er ist… er war… na ja, kein Allerweltstyp.“

Fast wäre Jan ein Spruch zu dem unansehnlichen Erscheinungsbild des Sören herausgerutscht. Wie so oft hätte Joshua ihn dafür getadelt und doch hätte es immer wieder passieren können, aber hier war etwas anders.

Elias hatte sich von der anderen Seite herangeschlichen, nachdem die Polizisten ihn den Feldweg nicht hatten nehmen lassen. Er hatte gar nicht gemerkt, dass er seine Hose beim Stapfen durch das Unterholz zerrissen hatte und seine Beine bluteten. Er hörte die Stimmen der Beamten, die damit beschäftigt waren, Spuren zu sichern, die ruhige Stimme des Rechtsmediziners. Es ging ihm durch den Kopf, dass er auf keinen Fall Spuren verwischen dürfe, wer auch immer Birger getötet habe…

„Halt einfach mal die Fresse“, sagte er zu sich selbst. Birger konnte nicht tot sein. Ausgeschlossen.

Am liebsten wäre er gerannt, aber dann hätte ihn einer der Beamten sofort umgehauen, überlegte er.

Was war das? Neben den Stimmen der Beamten und dem leisen Rauschen der Wertach war da noch ein anderes Geräusch. Ein Knacken. Es kam aus der Richtung, aus der er gekommen war. Er wandte sich um. Aber es war zu dunkel. Das dichte

Blätterdach ließ nur einige Strahlen hindurch. Langsam, Schritt für Schritt kam er voran. Schließlich war es so weit.

„Hau doch einfach mal ab, du Penner...“, flüsterte er, weil ein Beamter vor dem Leichnam hockte und ihm die Sicht versperrte. Dann stand der auf und steckte etwas in ein Tütchen, wie Elias es aus dem Krimi kannte. Als der Beamte beiseitetrat, stockte Elias der Atem. Es war eine seltsame Mischung aus Erleichterung und Schock und Ekel und Gewissensbissen, die sich einstellten, als er den toten Sören erkannte. Er brauchte einen Moment, sich zu sammeln, dann zog er sich so leise zurück, wie er nur konnte.

Man konnte schon die Felder erkennen, als er ein Geräusch hinter sich bemerkte. Er fuhr herum und sogleich traf ihn ein harter Schlag auf den Kopf.

23

Frank Neumann war ein kleiner Mann in den Fünfzigern. Seine Augen schienen permanent auf der Suche zu sein. Auf der Suche nach Auffälligkeiten. Auch dann, wenn er mit dem Kollegen im Pausenraum saß. Sein Job, das Sichern von Spuren, war sein Leben. Die vielen Überstunden, die vielen Einsätze an Feiertagen, Wochenenden oder nachts lenkten ihn von seiner Einsamkeit ab. Aber er würde in ein paar Jahren in den Ruhestand gehen. Manfred hatte gesagt, dass sich dann jemand um ihn kümmern müsse, damit Frank die Umstellung würde meistern können. Er wusste, dass er dieser jemand sein würde. Zwar war auch er allein, aber er hatte es sich so ausgesucht. Nach dem Tod seiner Frau hatte es einige Gelegenheiten gegeben. Aber jede Frau würde sich mit seiner Ehefrau messen lassen müssen. Das wollte er keiner Frau antun und keine würde den Vergleich bestehen. Anders als Frank Neumann aber hatte er einen Sohn, der ihn hin und wieder besuchte. Außerdem konnte Manfred jederzeit zu ihm nach München fahren, wollte er seinen Sohn sehen.

Frank klang gehetzt. Er schaute zum Himmel, wo sich gigantische Quellwolken auftürmten.

„Okay, aber nur mit Schutzkleidung, oh die habt ihr schon an. Okay, na gut, also 5 Minuten. Lauft entlang der gelben Markierung. Wir müssen Gas geben. Wenn das Gewitter da ist, können wir die Spuren vergessen."

„Dass das Opfer im Matsch liegt, juckt ihn nicht", sagte einer aus dem Team der Spurensicherung kleinlaut. Es war Falk Brenner und er kam mit der immer pragmatischen, selten pietätvollen Art Neumanns nicht gut zurecht. Der nahm keine Notiz von der Bemerkung seines Mitarbeiters.

„Ich beeile mich“, sagte Joshua und ging im Anzug der Spurensicherung inklusive Cape den Weg, den Frank Neumann ihm vorgegeben hatte.

Er hatte schon so viele Tatorte, so viele schrecklich zugerichtete Opfer gesehen, aber es traf ihn immer wieder aufs Neue. Er ließ es sich nicht anmerken, weil er es für unprofessionell hielt, aber er bereute in diesem Moment, so üppig zu Mittag gegessen zu haben.

Sören lag auf dem Rücken. Die Beine und Arme so vom Körper gespreizt, wie bei einem Hampelmann, an dessen Schnur man nur zur Hälfte gezogen hätte. Dort, wo Penis und Hodensack hätten sein müssen, klaffte ein großes dunkelrotes Loch. Muskeln an beiden Oberschenkel waren entfernt worden und seine Kehle war so tief durchschnitten worden, dass der Kopf nur noch von der Halswirbelsäule gehalten wurde.

Joshua deutete auf die Halsverletzung und wandte sich an den Gerichtsmediziner, der gerade sein Equipment einpackte und im Begriff war, abzuziehen.

„War das die Todesursache? Der Hals-Schnitt.“

„Hoffentlich“, sagte der Mediziner Doktor Joachim Bauscher, warf noch einen Blick auf den toten Sören und ging.

„Wir sehen uns.“

Joshua sah ihm nach. Er musste sich zwingen, den Blick wieder auf Sören zu richten. In der Ferne war das erste Donnergrollen zu hören.

24

Jan hatte den Motor seines BMW noch gar nicht abgestellt, da kam Magda Ahlberg bereits aus dem Haus gestürmt.

Jan stieg mit finsterer Miene aus. Magda Ahlberg sah ihm erwartungsvoll an.

„Ihr habt ihn?"

Jan nickte

„Geht es ihm gut."

Lena war dazu gekommen und wartete gespannt auf die Antwort. Als würde der Himmel ein Zeichen senden wollen, blitzte und donnerte es fast im selben Moment. Keiner der drei nahm davon Notiz.

„Es tut mir sehr leid, Frau Ahlberg. Lena."

Magda Ahlberg rannte weinend ins Haus zurück. Lena ging auf Jan zu und legte schluchzend ihren Kopf auf seine Schulter. Zögernd legte Jan seine Arme um sie und streichelte ihr tröstend den Rücken. Nach einer kleinen Weile gingen sie ins Haus zurück.

Magda Ahlberg saß am Küchentisch und weinte. Es ließ selbst den so coolen Jan nicht unberührt. Er setzte sich auf die Bank, Lena direkt daneben. Sie stütze ihre Ellenbogen auf den Küchentisch und vergrub ihr Gesicht in ihren Händen.

Jan wusste in diesem Moment, warum er sich um die Aufgabe, Todesnachrichten an die engsten Angehörigen zu überbringen, bisher immer gedrückt hatte. Er ärgerte sich, dass er nicht gleich psychologischen Beistand vom Kriseninterventionsteam angefordert hatte. Er holte es sofort nach.

25

Der erste Weg führte Joshua in das Büro des Computerexperten der Spurensicherung. Jonathan Zöllner war ein Nerd, wie man ihn sich vorstellte. Eine dicke Brille, mit allerdings nicht sehr starken Gläsern, ein fülliges Gesicht und insgesamt nicht unbedingt jemand, der auf sein Äußeres großen Wert legte. Aber er war aus Joshuas Sicht ein guter Typ, fleißig und blitzgescheit.

„Wie ist es, Jonny? Hast du was?"

Jonathan schien keine Notiz von Joshua zu nehmen. Er starrte wie gebannt auf einen der vier Monitore vor ihm. Auf einem war das E-mail Postfach aufgerufen. Die anderen zeigten Anwendungen, mit denen Joshua nichts anfangen konnte. Er setzte sich auf die Kante des Schreibtischs. Jonathan schaute kurz genervt und zog Joshua einen Stapel Ausdrucke unter dem Hintern hervor.

„Die Scheiße ist…", sagte Jonathan und brach plötzlich ab.

Joshua wartete einen Augenblick.

„Ja….?"

Nun endlich wandte sich Jonathan ihm zu.

„Diese Datingseiten sitzen alle im Ausland. Mit etwas Glück in Europa, so wie in dem einen Fall hier, in Holland. Aber erfahrungsgemäß ist es sauschwer, da an Informationen zu kommen. Zumindest nicht schnell. Das läuft über BKA und Europol und… na ja du weißt ja selbst, wie das ist."

„Und der andere Fall?"

„Was? Ach so, ja, der andere Anbieter hockt irgendwo in Russland."

„Was bedeutet das für uns?", fragte Joshua und nahm die offene Chipstüte von Jonathans Schreibtisch. Er probierte einige und legte die Tüte wieder zurück. Die Chips schmeckten, als seien sie Überbleibsel von der letzten Silvesterfeier. Wobei es durchaus nicht unwahrscheinlich war, dass Jonathan diese Feier genau an diesem Ort und allein verbracht hatte.

„Das heißt, ich muss das Passwort knacken. Alles Andere würde uns helfen, dauert aber garantiert zu lange. Stimmt es, dass der Junge Medikamente braucht?"

„Ja, leider."

„Verdammte Scheiße das alles."

Jonathan klang resigniert, was Joshua gleichzeitig überraschte und ängstigte. Seine größte Hoffnung, Birger rasch zu finden, lag derzeit auf den Schultern Jonathans.

„Keine Chance oder wie?"

„Nun mal langsam. Ich habe ein halbes Dutzend Profile herausgesucht, die ihm gehören könnten. Eine weiteres ist derzeit deaktiviert. Aber das ist wahrscheinlich nicht das Profil Birgers. Jedoch bedeutet die Deaktivierung nicht, dass man es nicht knacken könnte."

Joshua atmete auf.

„Wenn du was brauchst, lass es mich bitte wissen, okay. Wir zählen auf dich."

„Ja ist klar, alle zählen auf den Jo, der Jo ist der Ausputzer..."

Joshua war gegangen und hörte nicht mehr, was Jonathan vor sich her brabbelte.

Auf dem Flur hörte er Schritte hinter sich. Jemand rief: „Hey, Sie Kommissar."

Joshua erkannte die Stimme, ging jedoch zunächst ein paar Schritte weiter, bevor er sich ruhig und gemächlich umwandte.

„Ach, der Herr Kommandant."

Wolfgang Heiß hatte noch seine Uniform an. Über dem blauen Diensthemd trug er einen luftwaffenblauen Blouson.

Noch bevor er Joshua erreicht hatte, fuhr er ihn an.

„Können Sie mir sagen, wieso ich aus dem Radio erfahren muss, dass es nicht mein Sohn ist, den man im Gennacher Gehölz gefunden hat?"

Joshua tat so, als müsste er überlegen. Zwar konnte er den Ärger des Offiziers verstehen, aber auch konnte er dessen Art nicht ausstehen.

„Ähm, ja, weil es nicht ihr Junge ist. Ich dachte, es würde Sie freuen. Wären wir nicht so damit beschäftigt, Ihren Sohn zu finden, wäre vielleicht auch ein Kollege bei Ihnen vorbeigekommen, um es Ihnen zu sagen. Aber die Suche nach Birger und die Betreuung der Opferfamilie hat derzeit Priorität.

‚Der Jan wollte denen doch Bescheid geben. Der Depp', dachte Joshua. Aber ein Schuldeingeständnis wegen des Versäumnis' würde dieser Lackaffe von ihm nicht bekommen.

„Nun gehen Sie nach Hause, zu Ihrer Familie und lassen Sie uns mal machen. Mit etwas Glück bekomme ich Ihren Buben noch in die morgige Ausgabe des ‚Allgäuers'".

Joshua wartete die Antwort nicht ab. Er ging weiter, bis zum Büro von Manfred Krüger. Auch der war in seinen Monitor vertieft.

„Gehen wir? Wo ist denn der Jan?"

„Ich denke, der kommt gleich. Die Mutter des Opfers musste mit einem Nervenzusammenbruch in die Klinik eingeliefert werden. Ist mir eigentlich nicht Unrecht, wenn der bei der Besprechung nicht dabei ist.“ Manfred schüttelte leicht mit dem Kopf.

Im Konferenzraum saß bereits Kriminalrat Christoph Ederer, der Leiter des Kommissariats. Er war ein Landei aus dem Ostallgäu und hatte sich mit seiner schmierigen Art irgendwie in dieses Amt geschleimt. Er war ein Opportunist erster Güte. Die unmittelbar unter ihm stehenden hielt er bei der Stange, weil er wusste, dass er ohne sie nicht konnte. Die Dienstgrade darunter behandelte er wie ein Feldwebel beim Waffendrill. Manfred hatte ihn dafür manches Mal angefahren. Ihm, Manfred, war es egal, dass er wohl seinen Enddienstgrad bereits erreicht hatte. Er sagte immer, dass es ihm wichtig sei, dass er sich beim Rasieren noch im Spiegel anschauen konnte. Joshua konnte es auch noch, aber es gab in seiner Karriere durchaus manche Situationen und Entscheidungen, auf die er nicht stolz war. Entscheidungen, welche auf die Beförderung schielten. Wer, wie Manfred, seinen Weg unbeirrt ging, dessen Chancen auf Beförderung standen nicht gut.

Joshuas eigene Beförderung zum Hauptkommissar hatte das Verhältnis zu Manfred nicht im Geringsten verändert.

Staatsanwalt Miller hatte an der Besprechung teilnehmen wollen, er war jedoch durch andere Aufgaben gebunden, wie er Joshua am Telefon mitgeteilt hatte und bat darum, auf dem Laufenden gehalten zu werden.

Neben Ederer waren Kollegen der Spurensicherung dabei, die in den hinteren Reihen Platz genommen hatten. Sebastian Bär vom K2 war gekommen und hatte zwei junge Kollegen mitgebracht. Joshua kannte sie nicht, war aber froh, dass er die Expertise von Sebastian in Anspruch nehmen konnte. Er war ein kluger Mann, wenngleich ihm der Spürsinn eines Manfred

Krügers fehlte. Die beiden erfahrenen Beamten schätzten sich gegenseitig sehr und unternahmen auch privat oft etwas miteinander.

„Gut, Kollege Jan Sichler wird wohl gleich kommen, aber ich denke, es ist besser, wenn wir anf...“

„Augenblick, Kollege Laurenz.“

Eder stand auf und baute sich vor der Versammlung auf.

„Zunächst möchte ich mich bedanken, dass Sie zu dieser fortgeschrittenen Stunde...“

„Setz dich wieder!“

Manfred sagte es ruhig, aber in einem Tonfall, der keinen Widerspruch zuließ.

Wie ein getretener Hund setzte Ederer sich wieder auf seinen Platz. Sein Gesicht war puterrot angelaufen.

Joshua zeigte keine Regung. Ebenso die meisten der Anwesenden. Die jungen Beamten mussten sich ihr Grinsen verkneifen. Manfred Krüger hatte die ganze Zeit den Blick auf Joshua behalten.

„Ja, vielen Dank... Manfred.“ Eine kleine Pause, damit der Tiefschlag gegen den Kriminaldirektor seine volle Wirkung entfalten konnte, aber es war wiederum auch keine Zeit zu verlieren.

„Es ist mir gelungen, bei der Augsburger Zeitung einen Aufruf bezüglich Birger Heiß unterzubringen. Außerdem in einigen Regionalausgaben der Bild-Zeitung und im Allgäu -TV. Ähm, jo. Morgen um 10 Uhr wird eine Pressekonferenz stattfinden.“

„Interessant.“

Langsam wandte Joshua sich dem Kriminalrat zu.

„Wie bitte?“

„Wann hatten Sie vor, mich davon in Kenntnis zu setzen?“

„Na, hier und jetzt!“, fuhr Manfred seinen Vorgesetzten erneut an. Der kochte, verzichtete aber auf weitere Unterbrechungen.

Joshua erklärte den Anwesenden im Telegrammstil die wichtigsten Informationen und die bisherigen Erkenntnisse. Auf dem Whiteboard oben hatte er die beiden Namen geschrieben und Stichpunkte darunter aufgelistet. Unten hatte er eine Timeline skizziert.

„Wer schwache Nerven hat, möge jetzt den Raum verlassen.“

Keiner reagierte. Die jungen Beamten tauschten Blicke aus, die ihre Unsicherheit verrieten. Joshua fand's niedlich.

Nachdem niemand reagiert hatte, rief er auf dem Smartboard, welches weiter rechts stand, das Foto des Fundorts Sörens auf.

Der Kriminaldirektor, der unmittelbar davor saß, wich ruckartig zurück.

„What the fuck“, brach es aus einem der jüngeren Beamten heraus. Ein weiterer junger Beamter aus dem Team von Sebastian Bär war kreidebleich geworden. Joshua ließ das Bild wirken.

„Sind die Verstümmelungen postmortal? Weiß man darüber schon etwas?", fragte einer der Neuzugänge vom K2. Der Kriminalrat warf ihm einen strengen Blick zu.

„Das kann man nur hoffen. Aber wenn nicht, müsste es Fesselungsspuren geben und da die fehlen, beziehungsweise nicht in dem Maß vorhanden sind, wie man sie bei einer derartigen Folterung erwarten würde, gehen wir davon aus, dass das Opfer zunächst mit einem Kehlenschnitt getötet und danach die Verstümmelungen vorgenommen wurden. Aber natürlich können die auch während einer Bewusstlosigkeit vorgenommen worden sein. Da müssen wir einfach auf die Obduktion warten. Die wird gleich morgen früh stattfinden."

Einer der jungen Beamten, der sich nun als „Timm Herzog, K2" vorstellte hob die Hand. Außer dem Kriminalrat schauten alle Anwesenden in seine Richtung.

„Also, ich habe natürlich nicht die Erfahrung mit solchen Verbrechen, wie Sie alle…"

„Hau raus, Junge", ermunterte ihn Manfred.

„Also ich beschäftige mich schon seit Kindesbeinen mit realen Verbrechen und, na ja, dieser Fall erinnert mich an einen berühmten Fall…"

Timm schluckte.

„Tarek Hambach."

„Erzähl!", sagte Joshua.

„Ja, na ja, der Tarek war natürlich viel jünger. Er war am Anfang der Pubertät, also 12 oder vielleicht 13. Aber die Verstümmelungen waren damals, 1998, praktisch identisch. Tarek wurde zunächst getötet und dann würden diese schlimmen… Verletzungen beigefügt."

„Okay, danke Timm. Ich muss zugeben, dass es da bei mir gerade nicht klingelt."

„Er hat recht. Deshalb kam mir das so bekannt vor. Der Fall war kürzlich im Zusammenhang mit dem Verschwinden der kleinen Maddie in Portugal wieder Thema, weil das Phantombild, welches im Fall Tarek angefertigt werden konnte, mit dem Verdächtigen im Fall Maddie McCann große Ähnlichkeit hat", Manfred machte eine kurze Pause.

„Beide Fälle sind bis heute ungeklärt. Der Maddie -Verdächtige kommt, laut den Ermittlern, für den Mord an Tarek nicht infrage. Er war ganz woanders. Vermutlich in Portugal."

„Was bedeutet das jetzt für uns?", fragte Joshua an die Gruppe gerichtet.

„Kasperletheater! Dazu ein besonders ekelhaftes, perverses Theater.", sagte Manfred.

„Hmm?"

„Besorgt euch Hunde, am besten auch diese, die Leichengeruch auf der Wasseroberfläche wahrnehmen können, und ihr werdet die entfernten… Elemente des Körpers finden."

Plötzlich war es so still, dass man eine Stecknadel hätte fallen hören können.

Langsam stand Manfred auf, ging zum Smartboard und zeigte auf den toten Körper.

„Was ist hier anders, als bei Maddie und Tarek?"

Diesmal war es Sebastian Bär vom K2, der antwortete.

„Der Opfertypus. Zwei Kinder vor oder zu Beginn der Pubertät und ein ausgewachsener Mann."

„Richtig, aber ich will auf etwas anderes raus."

Timms Nachbar meldete sich. Manfred nickte ihm zu.

„Wie soll ich sagen. Also die Opfer, die jüngeren, waren aus der Tätersicht… vermutlich attraktiver."

„Genau", rief Manfred. Der junge Mann zuckte zusammen.

„Über die Toten nichts Schlechtes, aber Pietät muss bei der Mordermittlung manchmal zurückstehen. Der Sören war kein typisches Opfer. Er war kein attraktiver Junge. Er war in jeglicher Hinsicht blass und soll es mit der Körperpflege nicht so genau genommen haben…"

„Krüger!“, ermahnte ihn Kriminalrat Ederer.

Manfred nahm davon keine Notiz.

„Das bedeutet, der Täter wollte einen sexuell motivierten Mord vortäuschen?“, überlegte Joshua laut.

„Richtig. Er wollte uns auf die falsche Fährte führen, aber wieso hat er ihn nun wirklich getötet?“

„Weil er zu viel wusste“, sagte Timm halblaut.

„Dein Mann ist gut, Sebastian“, sagte Manfred, bevor er fortfuhr.

„Richtig, weil er zu viel wusste oder…?“

„Lassen Sie doch das Ratespiel!“, beschwerte sich der Kriminalrat. Manfred reagierte wieder nicht.

„Erpressung?“, fragte Sebastian Bär.

„Denkbar, passt aber nicht zur Persönlichkeit des Toten“, erklärte Joshua.

„Oder er war einfach zur falschen Zeit am falschen Ort. Das halte ich für die wahrscheinlichste Variante. Er ist unserem Täter einfach in die Quere gekommen. Vielleicht sogar ganz unbeabsichtigt oder sogar unbewusst.“

„Ja, ganz sicher“, spottete Ederer.

„Aber wieso dann diese Verstümmelungen? Das ist doch ein Risiko. Hätte er nur den Hals durchgeschnitten, nur in Anführungszeichen natürlich, dann wäre er doch ein viel viel geringeres Risiko eingegangen. Das dauert ja auch alles eine Weile.“

„Er hat es ja vermutlich nicht vor Ort gemacht. Fundort ist nicht Tatort. Dafür fehlten unter anderem Blutspuren. Der arme Bub muss Unmengen Blut verloren haben. Vielleicht hat er einfach nur geübt."

„Was geübt", fragte Joshua.

„Die Umsetzung seiner Fantasie", antwortete Manfred.

„Lebt er noch? Lebt Birger noch?", fragte Timm.

„Ich weiß es nicht", sagte Joshua mit leiser Stimme und verließ den Raum.

26

Manfred stand am Ausgang, der zum Innenhof des L-förmigen Gebäudekomplexes führte. Hier war von dem dichten Verkehr der Gögginger Straße nicht mehr viel zu hören. Zu dieser Jahreszeit trugen die Bäume und Büsche im Hof ein so dichtes Blätterdach, dass die dahinterliegenden Parkplätze kaum mehr zu sehen waren. Die Luft war klar, ionisiert. Manfred liebte Gewitter und die reinigenden Aspekte, die es mit sich brachte. Der Himmel klarte mehr und mehr auf. Es hatte sich deutlich abgekühlt. Am nächsten Tag würde das Thermometer wieder an der 30 Grad Marke kratzen.

„Ach, hier hast du dich versteckt."

„Hmm", antwortete Manni und steckte sich eine Zigarette an.

Joshua schaute hinter sich.

„Tu mir einen Gefallen und treibe es mit dem Boss nicht auf die Spitze. Wenn der Arsch dich abzieht, aus Rache, bin ich im Arsch. Ohne dich bekomme ich das nicht hin."

Manfred hörte echte Sorge in der Stimme Joshuas. Er wandte sich ihm zu und klopfte ihm auf die Schulter. Er ließ seine Hand auf der Schulter ruhen.

„Wenn nicht du, wer dann?"

Manfred richtete seinen Blick gen Himmel. In der Ferne war das Glimmen weit entfernter Blitze zu erahnen.

Joshua stellte sich vor ihn.

„Im Ernst jetzt mal. Nur mit dem Jan schaffe ich das nicht und den paar Leuten, die mir abgestellt werden. Nein, so schaffe ich das nicht. Andere bekommen in vergleichbaren Fällen 40 Mann für die Soko."

Manfred senkte seinen Blick.

„Wir schaffen das auch so. Wo ist er eigentlich, der Jan?

„Das, wenn ich wüsste", seufzte Joshua.

„Bitte?"

„Ich weiß es nicht. Er wollte der Familie Ahlberg Bescheid geben und dann der Familie Heiß. Bei den Ahlbergs hat er das wohl auch getan, aber nun antwortet der nicht mehr. Der Penner. Mag ja sein, dass er noch im Krankenhaus der Mutter ist, aber das ist nicht sein Job, verfluchte Kacke."

Joshuas Stimme verriet seine Anspannung.

„Vielleicht delegiert er das nicht gern oder traut den Mädchen und Jungs von der Opferhilfe nicht", spottete Manfred, der Jan niemals eine so heikle Aufgabe überlassen hatte. Jan war der sprichwörtliche ‚Böse Bulle' und als solcher manchmal sehr hilfreich. Einfühlungsvermögen hatte er nicht viel.

„Hauptsache, du hast deinen Spaß, Manni. Ich zähle auf dich."

Joshua drehte sich um und entdeckte Timm Herzog, der im Gebäude außer Hörweite wartete.

„Wollen Sie zu mir, Herr Polizeimeister?"

Timm bestätigte und sprach kurz mit Joshua. Der nickte schließlich, deutete auf die Türe, vor der Manfred Zigarette Nummer drei rauchte, und ging zurück ins Gebäude. Zögerlich kam Timm aus der Türe und stellte sich neben Manfred, dessen Blick wieder gen Himmel gerichtet war.

„Eigentlich eine Schande, Timm. Eigentlich sollte man diese klare Luft nicht mit Zigarettenqualm verseuchen. Man sollte sie bis in die letzten Verästelungen der Bronchien dringen lassen."

Timm steckte seine Zigaretten wieder in die Seitentasche seiner blauen Cargohose zurück.

Manfred lachte und gab ihm eine von seinen Pall Mall. Für einen Moment wurde Timm verlegen.

„Woher wussten Sie, dass ich es bin?", fragte Timm, während er auf die Glut seiner Zigarette schaute und dann einen langen Zug nahm, um die Glut zu vergrößern.

„Gut geraten", sagte Manfred.

„Ich glaube, es ist was anderes. Es ist das, was man nicht lernen kann."

„Ich glaube, du überschätzt mich etwas, mein Junge."

„Herr Oberkommissar, ich habe mit meinen Vorgesetzten gesprochen. Ich würde den Fall gerne an Ihrer Seite bearbeiten."

„Wieso?", kam es, wie aus der Pistole geschossen. Manfred wandte sich Timm zu und fixierte ihn.

„Weil ich glaube, dass man von Ihnen viel lernen kann."

Manfred schmunzelte und trat einen halben Schritt zur Seite.

„Zur Humanität eines Meisters gehört, seine Schüler vor sich zu warnen. Friedrich Nietzsche"

„Das haben Sie ja jetzt getan, mich gewarnt, also darf ich?"

„Wegen mir", war alles was Manfred sagte. Nachdem beide ausgeraucht hatten, gingen sie ins Büro. Der behäbige Manfred wirkte neben dem drahtigen jungen Mann skurril. Timm schaute zufrieden. Er war sich nicht darüber bewusst, was vor ihm lag.

27

Er war nicht auf zwei ‚Gäste' eingerichtet gewesen. Eigentlich hatte er es nur auf Birger abgesehen gehabt. Nun war der putzige Lockenkopf noch dazugekommen. Der Putzige war ihm in die Quere gekommen. Selbst schuld. Er schmunzelte. Eigentlich hätte er ihn ausknipsen müssen wie den rosa Mops. Großer Gott, sah der aus. Ungepflegt, teigig weißer Teint. Eigentlich eine Beleidigung, sich mit so einer Laune der Natur herumschlagen zu müssen. Aber er war ja selbst schuld. Was gurkt der ausgerechnet da umeinander, wo ich meine Beute halte? Nun, ja, er war ja nicht nur unansehnlich, er war ja wohl auch etwas doof. Gewiss besser für ihn jetzt. Er konnte ihm nun nicht mehr gefährlich werden. Er würde in einem Kühlfach der Pathologie in München liegen und morgen früh von einem der schlauen Köpfe dort in die kleinsten Bestandteile zerlegt werden. Vielleicht würde der Obduzent später in einer True-Crime-Serie über den Fall erzählen. Gewiss würden auch Profiler involviert. ‚Operative Fallanalyse' nannte man es heute. Sie würden auf einen Serienmörder tippen.

„Wer sowas tut, hat keine weiße Weste mehr... das war nicht die Tat eines Ersttäters...", würden sie vermuten.

„Idioten", sagte er und grinste breit. Er begann wie ein albernes Kind zu kichern, bei dem Gedanken, dass eine Delegation nach Stuttgart fahren würde, um die Gemeinsamkeiten zwischen den beiden Opfern zu eruieren. Sein Kichern wandelte sich allmählich zu einem wahnhaften Lachen.

„Komm, nun reiß dich mal zusammen", sagte er zu sich selbst. Es läuft gerade alles so super, viel besser als erwartet, nun versaue es nicht.

Er überlegte, ab wann die beiden heißen Boys nicht mehr attraktiv genug sein würden. Durch die Fesselung würden die Muskeln abbauen. Waschen würden sie sich, dessen war er sich sicher. Jungs in diesem Alter sind eitel, die duschen auch zwei- bis dreimal am Tag. Ja, wenn er etwas Pflegemittel zur Verfügung stellen würde, so wäre die Hygiene kein Problem. Aber ob die eine Kraftstation, Hanteln und so benutzen würden, wenn er es zur Verfügung stellte?

Wieder dieses Lachen. Wenn nicht, dann nicht. Entsorgungsprobleme hatte er keine. Es war alles akribisch geplant. So oder so würden die beiden schönen Männer ihm gehören, jetzt und bis in alle Ewigkeit.

Es war eher der moderige Gestank, der ihn aufweckte, als das kalte Metall, auf dem er lag. Das nächste, was er bemerkte, waren höllische Kopfschmerzen. Er fasste sich an den Kopf. Die Wunde am Hinterkopf hätte geklammert oder genäht werden müssen. Sein dichtes Haar hatte sich an dieser Stelle mit Blut vollgesogen. Es tat weh und er nahm seine Hand herunter und versuchte in der absoluten Finsternis etwas zu erkennen. Als er sich räkelte, bemerkte er etwas Weiches neben sich. Und eine Fessel am Fuß. Er tastete und landete im Nasenloch von Birger.

„Heeeey“

„Häääää? Birger?“

„Wer denn sonst, ha ha.“

Er klang schwach und kurzatmig.

„Wer hat uns hierher verschleppt?“

„Ich habe keine Ahnung“, sagte Birger und versuchte sich aufzurichten. Die Fußfessel an seinem Fuß klimperte.

„Hast du ihn nicht gesehen, als er mich hierher gebracht hat. Oder ist es eine sie, lieber Gott, lass es keine sie sein. Damit würde man mich bis ans Ende meiner Tage verarschen."

„Du hast Sorgen."

„Wie geht es dir überhaupt?"

„Nett, dass du mal fragst", sagte Birger und bei dem Versuch zu lachen bekam er einen Hustenanfall.

„Das klingt übel, Mann, du brauchst Medis, oder? Medikamente?"

„Ja, allerdings. Diesen Gammelgeruch hier mag meine Lunge gar nicht. Da zieht es alles zu."

„Das muss sofort aufhören. Irgendwie müssen wir hier rauskommen!"

„Ja, aber wie? Die Kette ist massiv und fest im Boden verankert."

„Fest im Boden? Das ist doch hier Erde unter uns, ein Naturkeller oder so. Gibt es denn kein Licht?"

„Gab es, aber, bevor er dich hier reingeschleift hat, hat er es ausgemacht."

„Ist tagsüber mehr zu sehen?"

„Bisschen ja."

Elias bemerkte, dass es Birger große Schwierigkeiten bereitete, zu sprechen.

Er ließ die Stille über sie kommen, aber in seinem Kopf ratterte es. Er überlegte, wie er aus dieser Situation herauskommen kann. Vielmehr galten seine Gedanken jedoch Birger, er war wichtiger, er brauchte dringend medizinische Hilfe.

„Und die kriegt er auch“, flüsterte Elias.

„Hmm?“, fragte Birger.

„Ach nichts, ruh dich mal etwas aus.“

Kurze Zeit später schlief Birger. Elias überlegte, ob er das mit Sören hätte erwähnen müssen, verwarf die Idee jedoch. Er würde es noch früh genug von jemand anderem erfahren. Hoffte Elias. Er blieb wach, bis sich die ersten Sonnenstrahlen durch die Ritzen in den Bretterwänden kämpften und er nun erkannte, was sein Gefängnis war.

28

Das Rauschen der Dusche weckte Jan. Er räkelte und streckte sich und wunderte sich, dass er keine Unterhose trug. Dann erst erfasste er die Situation und es wurde ihm heiß und kalt. Was hatte er nur getan? Wie hat es so weit kommen können? Seine Gedanken rasten. Aus Reflex nahm er das Smartphone vom Nachttischchen. Es war ausgeschaltet. Er traute sich nicht, es einzuschalten. Jetzt noch nicht. Dass ausgerechnet ihm das passieren konnte.

‚Warte, hatten wir überhaupt Sex?', überlegte er, obwohl sein Kopf eigentlich schon klar genug war, um zu wissen, dass er gestern Abend mit Lena Ahlberg geschlafen hatte. Mit der Tochter eines Mordopfers. ‚Das kann dich deinen Kopf kosten, du Vollidiot.'

Die Gedanken verflogen, als Lena aus der Dusche kam. Sie hatte sich ein T-Shirt von ihm übergezogen und frottierte ihre Haare.

„Hast du nur so kleine Handtücher?"

„Wie? Äh, ja, das heißt nein, im Kleiderschrank sind ein paar, aber die nehme ich nur selten her. Die sind eigentlich für den Urlaub... die nutze ich nur für den Urlaub."

Lena lächelte. Jan war so konfus, dass er auf sie noch attraktiver wirkte, als ohnehin schon. Und der Sex war der beste, den sie je gehabt hatte. Beiden war der Wein etwas zu Kopf gestiegen. Sonst wäre es wohl nicht dazu gekommen.

Jan überraschte das lockere und entspannte Auftreten Lenas.

Wie konnte es sein, dass sie so fröhlich und vergnügt und entspannt wirkte, keine 24 Stunden, nachdem ihr Bruder schrecklich zugerichtet aufgefunden worden war? Natürlich hatte er ihr die Details erspart.

‚Das muss das sein, was man Abspaltung nennt', überlegte er. Es war so, wie es die nette Kriminalpsychologin mit dem heißen Akzent gesagt hatte. Die Abspaltung macht es Tätern möglich, mit einer schweren Schuld fertigzuwerden und Opfern mit einem schweren Verlust. Er befürchtete, dass es nicht lange dauern konnte, bis Lena zusammenbräche. Die Zeitungen und überhaupt alle Medien würden über ihren Bruder berichten. Dafür war der Mord zu außergewöhnlich. Wenn sie zusammenbrechen würde, so schwor er sich, während Lena sich lächelnd anzog, dann wäre er für sie da. Es versetzte ihm einen Stich in der Magengrube bei dem Gedanken.

‚Scheiße Digger, du bist verliebt.'

„Soll ich dich fahren?“, fragte er.

„Nee, lass mal, ich habe das Auto ja da.“

„Geht das auch wirklich? Es wäre kein Problem für mich.“

Lena ging auf Jan zu und gab ihm einen Kuss auf die Wange.

„Bis nachher“, sagte sie und ging.

Jan stand umständlich auf und ging in Richtung Bad, als es an der Tür schellte. Er schnappte sich das Handtuch, mit dem Lena sich eben noch die Haare abgetrocknet hatte und wickelte es sich um die Hüfte. Abgesehen von dem zerzausten Haar, wirkte er mit seinen schmalen Hüften, dem breiten Kreuz und dem definierten Oberkörper wie das Model eines Werbespots für Rasierwasser.

Joshua stieß Jan zurück in den Korridor, schloss die Tür hinter sich und lehnte sich an die Wohnungstür, als würde er verfolgt werden.

„Bitte sag mir, dass das eben nicht Lena Ahlberg war, die mir entgegenkam."

Jan schluckte. „Es war nicht Lena Ahlberg, die dir eben entgegenkam."

„Du hast sie doch nicht mehr alle. Ich bin ja einiges gewohnt. Deine Böcke, aber das toppt alles."

Jan schluckte, versuchte jedoch, cool zu wirken. So wie immer.

„Das weiß ich selber. Es gibt nun mal Dinge im Leben, die passieren einfach, die kann man nicht steuern. Ja, es ist, wie es ist. Es ändert nichts."

Jan wandte sich ab, um der vis-a-vis Situation zu entkommen, und ging in die Küche. Joshua verharrte einen Moment kopfschüttelnd und folgte ihm.

Jan schaltete den Kaffeevollautomat ein und holte zwei Kaffeetassen aus dem Schrank. Für jemanden mit einem so chaotischen Charakter war die Küche sauber, aufgeräumt und für jemanden mit Jans Besoldungsgruppe erstaunlich nobel.

Joshua nahm sich ein Paket mit Minidonuts und setzte sich.

„Wie geht es ihr denn? Der Lena?"

Jan nestelte am Kaffeeautomaten rum, während er antwortete.

„Du, erstaunlich gut. Ich fürchte, dass sie zusammenbrechen könnte, wenn sie kapiert, was mit ihrem Bruder passiert ist."

„Oh, das ist schlau. Und da lässt du sie alleine fahren, als wäre nichts passiert?"

„Das wollte sie so, ich habe es ihr ja angeboten, aber…"

„Ich dachte, du seist etwas reifer geworden, aber das war wohl ein Trugschluss."

Jan fuhr herum, und ging einen Schritt auf Joshua zu.

„Jetzt hör' aber auf. Reifer? Pfft. Es gibt nun mal Dinge, die kann man nicht steuern, auch du nicht, Freundchen. Diese Frau hat mich elektrisiert und da ist es eben..."

„Wie willst du da rauskommen? Wenn die Lena realisiert, dass es nur ein One-Night-Stand war, dann..."

„War es ja nicht...", antwortete Jan und stellte Joshua einen Kaffee auf den Tisch.

„Was meinst du? Dass du dich verliebt hast? Ich kenne dich zu gut, um nicht zu wissen, dass..."

„Genau das. Dieses Mädchen hat etwas mit mir gemacht, dass ich noch nie erlebt habe."

„Bullshit! Das nehme ich dir nicht ab. Du willst nur deinen Hals retten."

„Das ist falsch und unfair."

Joshua bemerkte etwas in der Stimme Jans. Meinte er es am Ende zum ersten Mal ernst mit einer Frau? Er, der Frauen bisher stets wie Verbrauchsmaterial behandelt hatte, und von mehreren Seiten dafür immer wieder getadelt wurde?

Jan lehnte sich an die Arbeitsplatte der Küche und nippte an seinem Kaffee.

Joshua schmunzelte.

„Was habe ich nur verbrochen, mit so einem Partner bestraft zu werden?"

„Hey, du musst dich nicht schämen, auf mich zu stehen. Ich stehe ja auch auf dich."

Joshua rang sich ein Schmunzeln ab.

„Nun ist Schadensbegrenzung angesagt, Jan. Ich sag dem Chef, dass du dich heute krankgemeldet hast, weil dir das gestern alles zu viel wurde. Erst die Leiche im Wald und dann der Nervenzusammenbruch. Dann müssen wir uns was Anderes einfallen lassen. Im Notfall lässt du dir vom Doc eine Auszeit verpassen."

„Heißt das, dass ich raus bin? Also aus diesem Fall?"

„Dein Ernst? Natürlich ist der Fall für dich gegessen. Wenn der Alte das erfährt… Der wartet doch nur darauf, dir eins auszuwischen, so wie du den behandelst."

„Weil er ein Idiot ist."

„JA DOCH! Das wissen wir doch alle, dass der am Blitz geleckt hat. Aber gerade deshalb solltest du zusehen, dass er dir keinen Strick drehen kann."

„Zuhause bleiben? Da drehe ich durch."

„Stell dich halt nicht so an, fahr' an den See oder mit dem Rad ins Allgäu, wenn dir die Decke auf den Kopf fällt."

„Hmm, okay. Danke."

29

Agnes Haller war spät dran. Vor dem Haus der Dollingers parkte der Opel Corsa der Reinigungskraft. Es war nicht ihr Wagen, sondern er gehörte der Firma, die Ralf Dollinger beauftragt hatte. Keine der letzten Reinigungskräfte, die er fest eingestellt hatte, genügte den Ansprüchen der Hausherrin. Die war schon früh am Morgen nach Stuttgart gefahren. Angeblich besuchte sie dort eine Freundin, aber Agnes war sich nicht sicher, ob nicht doch mehr dahintersteckte.

Kaum hatte sie das Haus betreten, kam die Angestellte der Putzfirma, die einen unaussprechlichen ungarischen Vornamen hatte und deshalb nur von allen Maggi genannt wurde, auf Agnes zu und meldete ihr, dass sie nur noch die Schlafzimmer der Dollingers durchsaugen wolle und ansonsten fertig sei. Maggy putzte zwar auch nicht so, dass es Agnes' Ansprüchen genügte, aber sie war ein lieber Mensch und Agnes wusste, dass sie den Job brauchte. So besserte sie regelmäßig hier und da noch etwas nach. Sie begleitete Maggy ins Obergeschoss, weil sie sich vorgenommen hatte, die Bettwäsche zu tauschen und die Plumeaus zu lüften. Vor allem Elias schwärmte davon, wenn das Bett so frisch duftete. Früher hatte er Agnes dann schon mal zum Dank ein Küsschen gegeben, aber das war Vergangenheit.

„Ist Sohn verreist?", fragte Maggy und deutete auf das Zimmer von Elias. Agnes sah nach. Das Bett war unberührt. Es könnte eine einfache Erklärung geben, aber ihr Gefühl sagte ihr etwas Anderes. Sie zückte ihr Handy und öffnete den Messenger. Elias war zuletzt gestern Nachmittag online gewesen. Ihr Magen schnürte sich zu und sie wählte mit zittrigen Fingern die Nummer von Ralf Dollinger.

30

Timm Herzog hatte nur gut 2 Stunden Schlaf bekommen. Bis spät in die Nacht hatte er die Datenbanken der Polizei und das Internet durchforstet. Er hatte den Fall Tarek Hambach bis ins letzte Detail recherchiert, so wie Manfred Krüger es ihm aufgetragen hatte. Der war etwas früher heimgefahren, aber auch er hatte erst nach Mitternacht Feierabend gemacht. Er wirkte deutlich frischer als Timm, den es fröstelte ob des mangelnden Schlafs, aber er würde sich nichts anmerken lassen.

„Moin, mein Junge, alles klar soweit?“, fragte Manfred und ging direkt an die Kaffeemaschine. Noch bevor er hatte antworten können, kam Joshua gehetzt ins Büro.

„Manfred, ich muss auf dich bei der Pressekonferenz verzichten. Kümmere dich bitte um Herrn Dollinger“. Er wandte sich an den Unternehmer.

„Oberkommissar Krüger wird Ihnen weiterhelfen, verzeihen Sie die Hektik.“

Kaum hatte er es ausgesprochen, war er auch schon auf den Weg in den Konferenzraum, wo die Pressevertreter auf ihn warteten. Es war sogar ein Team der Radioredaktion des Bayerischen Rundfunks und ein Kamerateam eines kleinen Regionalsenders erschienen.

„Dollinger, Ralf Dollinger?“, fragte Manfred und zog für Elias‘ Vater einen Stuhl heran.

„Ja, kennen wir uns?“

Manfred antwortete in der ihm typischen Art, mit einem leichten Lächeln auf den schmalen Lippen und der Stimme, die sich fast nie erhob. Es provozierte manche Menschen, die ihn nicht kannten. Ralf Dollinger konnte ihn nicht einschätzen.

„Ich kenne Sie, aber Sie mich wohl nicht. Das ist der Herr Herzog. Wie können wir behilflich sein?“

„Ja, also, es geht um meinen Jungen, meinen Elias. Ich erreiche ihn nicht.“

„Wann haben Sie ihn zuletzt gesehen?“

„Puuh, da fragen Sie mich was. Gestern früh, denke ich.“

Manfred verzog keine Miene, während Timm die Empörung ins Gesicht geschrieben war.

„Anders gefragt. Wann wurde er denn, nach ihrer Kenntnis, überhaupt das letzte Mal gesehen?“

„Nach meiner Kenntnis, hmm…“ Ralf rieb sein Kinn.

„Also unten wartet meine Hausdame, die kann ihnen wohl exaktere Auskunft geben.“

„Wo unten? Im Foyer?“, fragte Timm und als Ralf Dollinger nickte, eilte er auch schon aus dem Büro.

„Sagen Sie, Herr...“

„Krüger.“

„Sagen Sie, Herr Krüger, ist es ungefähr absehbar, wie lange das dauert, meine Vernehmung, ich müsste um Zwölf in München sein.“

„Das kriegen wir schon hin“, antwortete Manfred. Sein Tonfall klang so, als würde er einem Kind versprechen, länger aufbleiben zu dürfen. Ralf Dollinger registrierte die Ironie in Manfreds Stimme nicht. Dollinger schaute voller Ungeduld auf die Uhr und dann wieder zur Tür.

Agnes war außer Atem, als sie das Büro erreichte. Sie nahm neben Dollinger Platz.

„Sie sind?", fragte Manfred.

„Agnes Haller. Ich bin die Zugehfrau von...", Agnes deutete auf Ralf, ohne seinen Namen auszusprechen.

„Also von Anfang an. Wie alt ist der Bub und wann haben Sie ihn zuletzt gesehen?"

„Er ist 18. Er war gestern zu Mittag kurz zu Hause und ich dann gleich wieder losgefahren. So ein Mädchen aus seiner Klasse war dabei. Ich habe noch gesagt, die sollen sich da nicht einmischen und die Arbeit der Polizei überlassen, aber der Junge hatte ja immer schon seinen eigenen Kopf. Wenn der sich etwas in den Kopf gesetzt hat, dann..."

Ralf wirkte, als würde ihn mit Stolz erfüllen, was er hörte, sagte aber nichts.

„Langsam, Langsam. Was sollte er lieber der Polizei überlassen? Was meinten Sie damit?"

„Na, die Suche nach den Klassenkameraden. Es ist doch jemand aus seiner Klasse, den sie gestern tot aufgefunden haben. Elias selbst hatte es mir per WhatsApp geschrieben, dass der junge Mann gefunden worden war. Da habe ich ihm noch mal gesagt, er sollte, jetzt erst recht, die Finger davon lassen."

Agnes kamen die Tränen, Ralf schaute peinlich berührt. Seine Unsicherheit und Nervosität war greifbar.

„Er hat Detektiv gespielt, mit diesem Mädchen, darf ich das so verstehen?"

Agnes schluchzte und nickte.

„Wobei man vielleicht sagen muss, dass es ihm eher um den anderen Bub ging, also nicht der Bub, der tot aufgefunden wurde. Mit dem hatte er wohl nicht so viel am Hut. Es ging ihm um den anderen, den Sohn von dem Soldaten. Ach Gott, ich bin jetzt so durch den Wind, dass mir der Name gerade nicht einfällt."

„Birger", half ihr Timm auf die Sprünge.

„Ja genau, Birger Heiß. Du meine Güte, hoffentlich ist unser Elias nicht auch in den Händen von so einem Wahnsinnigen. Hoffentlich ist er überhaupt noch am Leben."

Ralf Dollinger machte ein Geräusch, als wollte er ausdrücken, dass Agnes übertrieb. Manfred beachtete es nicht weiter, Timm rollte mit den Augen.

„Bitte lassen Sie doch ihre Telefonnummer da. Ich denke, wir beide kommen schon miteinander aus", und zwinkerte Agnes aufmunternd zu.

Ralf Dollinger gab Manfred seine Karte.

„Sie können mich jederzeit anrufen, für den Moment muss ich mich entschuldigen…"

„Ist alles gut", sagte Manfred und wartete, bis Dollinger das Büro verlassen hatte.

„Timm, sei doch so gut und geh zum Joshua. Hol ihn kurz aus der Konferenz raus. Er soll selbst entscheiden, ob er über das Verschwinden von Elias Dollinger reden will, oder nicht. Sag ihm, dass ich dazu raten würde. Aber er ist der Boss."

Als Timm losstürmen wollte, rief er ihn noch einmal zurück und bat Agnes ihm das Foto von Elias, welches sie die ganze Zeit in ihren schweißnassen Händen hielt, zu übergeben.

„Wie heißt dieses Mädchen? Die junge Dame, mit der er gestern unterwegs war, der Elias?"

„Inka, oder Ina? Nein, Inka stimmt. Den Nachnamen weiß ich nicht. Aber sie ist in derselben Klasse. Da müssten Sie halt in der Schule nachfragen."

„Jaaa, das machen wir. erzählen Sie mir etwas über Elias. Was ist das für ein Junge?"

„Ja, wie ist der so? Im tiefsten Inneren ist er ein lieber Junge. Wenn man ihn nicht näher kennt, könnte man ihn für einen verzogenen Bengel halten, aber…", Agnes schluckte.

„Sie haben es ja eben selber erlebt. Die Eltern haben ihn immer mit Geld ruhig gestellt und wenn es gerade passte, dann war er der süße Elias, den man gerne vorzeigte. Auch heute noch. Das ist alles so furchtbar oberflächlich und kalt. So empfinde ich es zumindest. Ganz anders, als bei uns zu Hause, aber da stand das Geldverdienen nicht an erster Stelle."

„Verstehe."

„Seine Eltern haben es stets abgestritten und meinen, dass es dem Jungen an nichts fehle."

Agnes machte eine kleine Pause, bevor sie fortfuhr.

„Ich glaube, eine Zäsur in dem Verhältnis war auch seine Krebsbehandlung."

„Er hatte Krebs?"

„Ja in der Pubertät. Das müsste jetzt so 6 Jahre her sein. Es war ein Astrozytom, ein Gehirntumor. Eigentlich gutartig und die OP verlief erfolgreich."

„Sie glauben, dass es seine Persönlichkeit veränderte?"

„Ich bin nicht sicher, aber es kommt mir so vor. Elias hat es sehr enttäuscht, dass die Eltern sich kaum um den kranken Jungen gekümmert haben. Der Alte, der Vater, war damals vielleicht einmal im Krankenhaus, die Mutter auch nicht viel öfter. Das haben sie auch an mich und weiteres Personal delegiert, wobei ich das ohnehin getan hätte. Ich weiß, wie es ist, im Krankenhaus zu liegen und keinen Besuch zu bekommen", Agnes schluckte hörbar. Ihre Augen glänzten.

„Fairerweise muss man aber auch sagen, dass Elias stets etwas genervt auf die Eltern reagierte. Das war damals bei der Krebsgeschichte auch so."

So richtig konnte Manfred die Aussagen von Agnes Haller nicht einordnen. Natürlich war der Auftritt von Ralf Dollinger eben etwas seltsam gewesen, aber es war viel zu früh, sich ein Urteil zu bilden.

„Wo ist die Mutter jetzt?"

„Ich habe sie telefonisch in Stuttgart erreicht, sie wollte sich so bald als möglich auf den Heimweg machen."

„Was hat die in Stuttgart gemacht?"

„Sie besuchte dort eine… Freundin."

„Das tat sie also nicht?"

„Wie meinen Sie, Herr Kommissar?"

„Na, es hört sich so an, als glaubten Sie, dass sie in Stuttgart etwas anderes täte. Ein anderer Mann?"

„Weiß ich nicht sicher, aber das kommt mir schon komisch vor. Ihre anderen Tussis lädt sie alle naselang zum Kaffeekranz ein, aber diese ominöse Freundin in Stuttgart ist nie dabei. Dabei kommen manche sogar aus Nürnberg und Schweinfurt. Na ja."

„Ja, Frau Haller. Ich würde vorschlagen, dass Sie wieder zum Haus der Dollingers zurückkehren und uns sofort Bescheid geben, wenn der Bub auftaucht."

„Ja, aber…"

„Eins noch, war er mit dem Wagen unterwegs oder steht der in der Garage?“

„Nein, er war mit dem Rad unterwegs und das ist auch weg. Sein Auto ist bestellt, aber das dauert noch ewig. Das ist irgendwas ganz Besonderes, mit ewiger Lieferzeit. Ich kenne mich mit Autos nicht aus.“

„Okay, jetzt gehen Sie bitte zurück zum Dollinger-Haus und warten dort. Sobald er sich meldet, geben Sie uns bitte sofort Bescheid. Umgekehrt halten wir es natürlich auch so. Sobald ich etwas weiß, gebe ich ihnen Bescheid. Im Laufe des Tages wird Ihnen dann auch ein Beamter zur Seite stehen.“

Agnes rang sich ein Lächeln ab. Aber die große Last, die auf ihrer Seele lag, war ihr dennoch anzusehen.

Kaum, dass sie gegangen war, kam Timm ins Büro gestürmt.

„Der Chef will, dass Sie dazu kommen.“

„Wo dazu?“, fragte Manfred, ohne vom Monitor aufzusehen.

„Zur Pressekonferenz.“

„So, will der das?“, sagte Manfred nach einer kleinen Weile und machte keine Anstalten, aufzustehen.“

„Herr Oberkommissar, die, ähm, die warten alle auf Sie.“

„Lass sie warten, eins nach dem anderen.“

Es dauerte drei Minuten, die sich für Timm wie Stunden anfühlten, bis Manfred sich endlich erhob. Irgendwie bewunderte Timm diese Ruhe, überlegte jedoch, ob ihm diese Ruhe nicht mit der Zeit auf die Nerven gehen könnte. Er hatte keine Zeit, weiter darüber nachzudenken. Auf halbem Weg kam den beiden Kriminalrat Ederer entgehen. Er hatte einen hochroten Kopf und seine Stimme bebte.

„Herrgott, Krüger, wo bleiben sie denn? Die Meute da drinnen macht mir die Hölle heiß."

„Ja? Ach ja", sagte er, lächelte und zwinkerte Timm zu.

Joshua wartete vor der Tür.

„Das wird mir alles zu viel. Mach du das bitte."

Manfred reagierte nur mit einem kaum merklichen Nicken.

Als Manfred den Raum betrat, verstummte das Raunen sofort.

Er stellte sich an das Rednerpult, welches eigentlich für den Pressesprecher vorgesehen war. Der trat einen Schritt zur Seite.

„Nun", sagte Manfred und räusperte sich.

„Über die Geschehnisse der letzten zwei Tage haben die Kollegen Sie ja bereits aufgeklärt. Heute Morgen erhielten wir eine weitere Vermisstenmeldung. Wiederum ist es ein Schüler desselben Gymnasiums. Es handelt sich bei dem Abgängigen um Elias Dollinger."

Manfred ignorierte die ersten Wortmeldungen.

Es ist der einzige Sohn des Unternehmerpaars Ralf und Birgit Dollinger, welches den meisten von Ihnen bekannt sein dürfte."

Ein Flüstern und Tuscheln setzte ein. Manfred fuhr fort.

„Bevor Sie fragen- es gab bisher keine Lösegeldforderung und es ist nicht zu erwarten, dass diese noch eintreffen wird."

„Wie können Sie da so sicher sein?", rief ein Mann mittleren Alters mit stark gegelten Haaren.

„Wichtig ist zu wissen, wann der Junge zuletzt gesehen wurde, die dahingehenden Informationen seitens der Familie sind vage. Aber wir haben die Vermisstenmeldung auch erst vor einer Viertelstunde erhalten. Bitte haben Sie Verständnis, dass ich nun auch nur noch wenige Minuten zur Beantwortung Ihrer Fragen zur Verfügung stehe.“

Der Pressesprecher erteilte einem Mann das Wort, der aussah, wie die Karikatur eines rasenden Reporters. Lange, strapsige Haare, grauer Dreitagebart und einen beigen Mantel mit hochgeklapptem Kragen.

„Wie können Sie zum jetzigen Zeitpunkt eine Entführung ausschließen? Sie sagen doch selber, dass sie noch ganz am Anfang stehen.“

Wieder tuscheln und Kopfschütteln und manche der Reporter verdrehten die Augen.

„Ich schließe nichts aus. Das wäre ein kriminalistisches Versäumnis erster Güte. Nächster!“

„Wie alt ist der Dollinger Sohn?“

„18. Nächster.“

„Könnte es sein, dass der Sohn der Dollingers etwas mit dem Verschwinden des Birger Heiß zu tun hat?“

„Ja könnte sein. Könnte aber auch nicht sein. Nächster.“

„Ist es nicht wahrscheinlicher, dass der Junge demselben Entführer in die Hände gefallen ist? Wäre es da nicht vernünftiger gewesen, den finanziellen Background des zweiten Opfers geheim zu halten.“

„Nein und nein. Nächster.“

„Die Frage des Kollegen halte ich für legitim. Und eine Antwort auf die Frage hätte auch ich gern.“

„Wie ist ihr Name?“

„Klaas Sparbier, Radio Bodensee.“

„Herr Sparbier. Das Leben und die Gesundheit beider Jungs steht in der Priorität an oberster Stelle. Seinen Namen geheim zu halten, würde ein Hemmnis für weitere Hinweise bedeuten und überdies sind wir hier nicht in Berlin. Wer der Entführte ist, wäre spätestens in einer Stunde bekannt geworden. Was war jetzt noch?"

„Es ging um die Frage, ob er demselben Entführer in die Hände gefallen sein könnte."

„Kann sein, aber die Dinge können auch ganz anders liegen."

„Wieso haben Sie dann eben verneint, als es um die Frage ging, dass er wahrscheinlich demselben Täter in die Hände gefallen sein könnte."

„Da stimmt schon die Fragestellung nicht. Wir wissen eben noch zu wenig. Und ob es ein Täter ist oder eine Täterin ebenso wenig. Sich in diesem Status der Ermittlungen auf irgendetwas festzulegen, wäre voreilig. Ich weiß, das wollen Sie nicht hören, aber es ist so. Und damit beende ich die Fragerunde. Sobald es nur die geringsten neuen Erkenntnisse gibt, werden wir Sie informieren. Danke, meine Damen und Herren."

Manfred sagte es mit einer solchen Bestimmtheit, dass niemand wagte, nachzuhaken.

Manfred nahm seine Notizen vom Pult und wandte sich zum Gehen. Joshua kam auf ihn zu. Er wartete, bis der Pressesprecher gegangen war.

„Du hattest recht, Manfred."

„Sag ich doch immer", antwortete Manfred, ohne zu wissen, um was es ging.

„Die Suchmannschaft hat Leichenteile von Sören gefunden."

„Wo?"

„Direkt am Ufer der Wertach. Offenbar hat der Kerl versucht die... Leichenteile in die Wertach zu werfen, aber ein großes Stück, vermutlich aus dem Oberschenkel, ist im Gestrüpp hängengeblieben. Den Rest wird die Wertach verschluckt haben."

„Ja, wahrscheinlich, aber wir müssen versuchen, die fehlenden Teile zu finden."

Joshua schnaufte.

„Wie hilft uns das weiter, Manfred? Wir haben doch anderes zu tun jetzt."

„Wir ja, aber die Suchtrupps haben ja Zeit. Und die sollen diese Wasseroberflächenhunde ranschaffen. Du weißt schon. Diese Hunde, mit denen man damals nach der Journalistin vom U-Boot gesucht hat. Beziehungsweise nach ihren Einzelteilen."

Der Fall Kim Wall, die Journalistin, die von dem Tüftler Peter Madsen auf dem selbstgebauten U-Boot getötet und zerstückelt worden war, hatte Manfred seinerzeit sehr beschäftigt. Er hatte sämtliches Material zu dem Fall gesichtet.

„Okay, versuchen wir es. Apropos Leichenteile, wir haben das mit den Verstümmelungen zurückgehalten, wie besprochen. Täterwissen halt."

Bei jedem Mordfall hielt die Polizei kleine Details zurück, die nur der Mörder kennen konnte, um sich vor falschen Geständnissen, die bei jedem großen Kriminalfall vorkamen, gefeit zu sein.

„Meinst du nicht, dass die Pressemeute es doch herausbekommt, Manfred? Die Sache mit den Trophäen?"

„Nicht im Detail. Also den exakten Körperstellen. Außerdem sind es keine Trophäen. Die hätte er nicht weggeworfen. Sonst noch was?"

„Oh ja, gut das du fragst. Der Heiß wartet draußen mit so einem anderen Pappkameraden und ich wollte dich fragen…“

„Du magst ihn nicht?“

„Ja, richtig“, antwortete Joshua kleinlaut. Er war sich darüber bewusst, dass es unprofessionell war, aber das Risiko, etwas Falsches gegenüber Heiß zu sagen, war zu groß. Dieser, in seinen Augen, arrogante Arsch triggerte ihn heftig.

„Schon gut. Mach ich. Behalte du die Fäden in der Hand, mein Junge“, sagte Manfred und tätschelte Joshua gütig lächelnd die Backe.

Manfred bedeutete Timm dazuzukommen.

„Pass auf Timm. Fahr mal zum Gymnasium und befrage diese Inka. Kannst du das?“

„Klar, mach ich. Was ist eigentlich mit den Handydaten? Dauert das immer so lange?“

„Das kommt auch auf die Betreiber an. Aber die wurden ja erst angefordert, als der Sören gefunden wurde. Vorher hätte ich den Antrag auch niemals durchbekommen.“

„Okay, ich kümmere mich um Inka“, sagte Timm und verschwand.

Dann wandte sich Manfred wieder Joshua zu.

„Ich könnte mir vorstellen, dass unsere Zielperson versucht haben könnte, Asthmaspray oder einen Turbohaler für den Birger zu besorgen.“

„Was ist denn ein Turbohaler?“, fragte Joshua.

„Das ist sowas Ähnliches, nur mit Pulver. Oftmals kortisonhaltig.“

„Das ist doch ganz sicher rezeptpflichtig.“

„Genau, aber erstens könnte er es dennoch probiert haben oder noch probieren, etwas davon zu bekommen, und außerdem gibt es die Möglichkeit, sich online ein Rezept zu verschaffen. Das geht auch mit Viagra und Haarwuchsmittel. Habe ich gehört“, sagte Manfred und strich sich grinsend über den Kopf.

„Sollte da nicht auch jemand ansetzen. Also bei diesen Anbietern für die Online-Rezepte?“

„Das wird am Freitagmittag wenig Sinn haben. Er hat es eilig, also wird er sich das Zeug kaum schicken lassen, sondern nur das Rezept buchen. Dann müsste er zur Apotheke und da greifen wir an, okay?“

„Ich kümmere mich drum.“

Oberstleutnant Heiß hatte mehrfach ungeduldig einen Blick in den Konferenzraum geworfen. Er trat zurück, als Manfred und Joshua aus dem Raum traten.

„Krüger mein Name, Grüß Gott Herr Oberstleutnant. Wenn Sie mir bitte in mein Büro folgen wollen.“

Heiß‘ Atmen verriet den Stress, dem er ausgesetzt war. Der Soldat, der ihm folgte, wirkte ernst, aber konzentriert. Manfred war sofort dessen wacher Blick aufgefallen.

Manfred bot beiden einen Platz an dem kleinen Tisch in seinem Büro an, aber sie verzichteten. Schließlich konnte Birgers Vater nicht mehr an sich halten.

„Ich muss schon sagen, Ihre Gelassenheit ist erstaunlich. Ich habe eine weinende Ehefrau, eine Tochter, die traumatisiert ist und die hysterische Freundin meines Sohnes, die alle 20 Minuten anruft. Ist es zu viel verlangt, dass Sie da etwas Gas geben.“

„Nein, das ist alles okay. Soviel ich weiß, haben sich

psychologische Betreuung abgelehnt. Wenn Sie doch…"

„Verzeihen Sie Herrn Heiß, Herr Kommissar, er steht unter einem entsetzlichen Druck", erklärte der Begleiter, der sich als Oberst Georg von Zahn vorstellte.

„Luftwaffentruppenkommando".

„Angenehm."

Heiß stand da wie ein Häufchen Elend und starrte auf den Boden.

„Nun, also es geht darum, dass wir Reece-Tornados, also Aufklärungsflugzeuge aktivieren könnten."

„Das wäre natürlich sehr hilfreich. Wie weit sind da die Planungen gediehen."

„Das Truppenkommando als vorgesetzte Kommandobehörde des fraglichen Aufklärungsgeschwaders ist bereits an das Verteidigungsministerium herangetreten. Die Genehmigung wurde im Rahmen der Amtshilfe erteilt."

„Ja, großartig."

„Es wird gerade geklärt, welche Fliegerhorste als Ausweichflugplätze zur Verfügung stehen. Das ist am Wochenende natürlich nicht ganz einfach."

„Wenn das geklärt ist, kann es losgehen?"

„Ja, ich erwarte jeden Moment die Bestätigung. Wir müssten nur wissen, wo wir suchen sollen."

Mit einem Griff zog Manfred eine Landkarte aus einem riesigen Stapel Papier und faltete ihn auseinander und zeigte auf jene Bereiche, die er für sinnvoll erachtete. Er musste nicht viel nachdenken. Es waren die Waldgebiete entlang des Lechs und der Wertach. Außerdem noch einzelne Waldgebiete, zwischen

JONAS EICHBERGER

Augsburg und Landsberg.

31

Sebastian Bär und sein junger Kollege Fabian Hagen, der junge Beamte, der in der ersten Besprechung neben Timm Herzog saß, waren gleich ausgerückt, als der Filialleiter des Netto-Marktes den Fund des Fahrrades meldete. Birgers Fahrrad.

Der Filialleiter war sichtlich nervös und kam den beiden Beamten entgegen, obwohl sie quer, nur wenige Meter neben dem Fahrradständer, geparkt hatten. Es kostete sie fast etwas Überwindung, aus dem klimatisierten Dienstwagen auszusteigen. Die schwüle Hitze traf sie wie ein Hammer. Auch der Filialleiter litt sichtlich unter der Schwüle.

„Ulrich ist mein Name. Ich habe gemeldet, dass wir das Fahrrad gefunden haben."

„Bär, das ist mein Kollege Hagen. Dann lassen Sie uns mal nachsehen."

Sebastian stellte sich mit etwas Abstand hinter das Fahrrad und betrachtete es sich genau.

„Mein lieber Kokoschinski. Da kostet ja das Schloss schon mehr als mein alter Drahtesel."

„Das lohnt sich aber auch, bei einem Fahrrad für einige Tausend."

Sebastian sah Fabian verblüfft an, während er sich das Rad in gebückter Haltung genauer betrachtete.

„What? Da kaufen sich andere Buben in dem Alter ein gebrauchtes Auto dafür."

Ohne eine Antwort abzuwarten, wandte er sich wieder dem Filialleiter zu, der sich nervös durch das schweißnasse Haar fuhr.

„Wann ist Ihnen das Fahrrad aufgefallen?“

„Schon gestern zum Dienstschluss. Unsere Frühschicht sagte eben, dass das Rad schon gestern am Morgen dastand.“

„Passiert das öfter, dass Fahrräder hier tageweise parken?“

„Das kommt schon vor. Aber das sind meistens alte Räder. Manche sind auch gar nicht abgesperrt. Die meisten sogar. Das sind dann wohl geklaute Räder, deren Verlust niemanden interessiert.“

„Haben Sie der Polizei Bescheid gegeben?“, fragte Fabian nicht ohne einen Vorwurf in der Stimme.

„Ja sicher, aber da sich danach niemand gekümmert hat, haben wir die nach einer Weile entsorgt.“

„Nach dem Gewitter gestern, können wir die Spurensicherung wohl vergessen, aber der Neumann soll trotzdem jemanden vorbeischicken, der das Rad begutachtet und dann mitnimmt ins Labor.“

„Wenn der das Schoss geknackt bekommt. Sollen wir die Eltern nach einem Zweitschlüssel fragen?“

„Bloß nicht, die sind schon aufgeregt genug.

Aber du könntest Joshua Bescheid geben, dass die Kollegen aus Königsbrunn, also die Bereitschaftspolizei, baldmöglichst das Waldstück dort drüben durchsucht.“

Fabian schluckte. Die Beschäftigung mit dem Fahrrad hatte ihn einen Moment lang vergessen lassen, um was es hier eigentlich wirklich ging.

„Mach ich."

„Und ich rufe die Spurensicherung. Vielen Dank, Herr Ulrich. Sie sind dann fürs Erste entlassen."

Der Filialleiter lächelte zufrieden und ging in den Supermarkt zurück.

32

Timm war mit seinem eigenen Auto, einem einfachen Golf 7 zum Gymnasium gefahren. Die ersten Schüler waren bereits auf dem Weg nach Hause. Er hoffte, Inka noch anzutreffen.

Es war ein seltsames Gefühl. Es war noch nicht so lange her gewesen, als er dieses Gebäude mit dem Abitur in der Tasche hinter sich gelassen hatte. Er hatte nicht damit gerechnet, das Gymnasium je wieder zu betreten. Betreten zu müssen. Aber er konnte das ausblenden. Heute war er kein Schüler, heute war er ein Ermittler und er war fest entschlossen, seinen Job anständig zu erledigen.

Die Vorzimmerdame war bereits im Begriff zu gehen.

„Grüß Gott, Frau Fischer."

„Heute gibt es keine Termine mehr. Rufen Sie mich am Montag an, aber nicht zu früh, bitte", sagte die Sekretärin des Direktors, während sie im Stehen in ihrer Handtasche kramte.

Timm hielt ihr seinen Ausweis unter die Nase.

Frau Fischer erschrak und ließ sich in den Sitz zurückfallen.

„Bringen Sie schlechte Nachrichten?", fragte sie mit zittriger Stimme.

„Nein, ich muss dringend mit einer gewissen Inka sprechen. Sie müsste eine Klassenkameradin von Elias Dollinger und Birger Heiß sein."

„Moment, da muss ich den Rechner starten. Das dauert jetzt

einen Moment."

Kurz darauf betrat der Direktor das Vorzimmer.

„Grüß Gott. Polizei?"

Frau Fischer nickte.

„Gut geraten", antwortete Timm. „Sie sind der Direktor der Schule?"

„Richtig. Gärtner mein Name. Worum geht es denn hier?"

„Ich muss mit einer ihrer Schülerinnen sprechen. Eine Klassenkameradin der beiden verschwundenen Buben und... des Toten."

Gärtner schluckte und nickte.

„Gibt es denn schon was Neues?"

„Darüber darf ich nicht reden."

Gärtner hatte aufgrund seiner Stellung und des jugendlichen Alters seines Gegenübers mit einer anderen Antwort gerechnet und wirkte für einen Moment pikiert.

„Na ja, es handelt sich immerhin um meine Schüler."

„Natürlich", war alles, was Timm erwiderte. Er hoffte, dass die Vorzimmerdame endlich mit der gewünschten Information herauskommen würde. Aber es dauerte noch weitere 3 Minuten. Der Direktor wartete, den Blick starr auf seine Sekretärin gerichtet. Aber sie schien es nicht wahrzunehmen.

„Wenn Sie sagen, dass es etwas Neues gibt, muss das doch bedeuten, dass Sie schon einen Verdacht haben, Herr Kommissar."

„Nicht zwangsläufig", antworte Timm und war froh, als die Sekretärin endlich fündig geworden war.

„Inka Saske. Die hat aber schon Schluss. Sie wohnt in Klosterlechfeld. Ich schreibe ihnen die Adresse und Telefonnummer auf."

Direktor Gärtner verzog sich in sein Büro. Er schien etwas beleidigt zu sein, nachdem Timm ihn einfach hatte stehenlassen. Der war etwas stolz auf sich, dass er sich nicht hatte unter Druck setzen lassen.

33

Der Lockenkopf hatte ihn wüst beschimpft und die Wasserflasche nach ihm geworfen. Erstaunlich, wie knapp er den Kopf verfehlt hatte, wo er doch in der Dunkelheit kaum etwas hatte sehen können. Die ungestüme Art erregte ihn. Seine ganze Art erregte ihn. Sein süßes Gesicht, was so gar nicht zu den Beschimpfungen passte, sein Körper und seine Männlichkeit gefielen ihm. An ihm würde er noch eine Weile Freude haben, aber der Blondschopf pfiff schon auf dem letzten Loch. Er war enttäuscht. Ein Bild von einem Mann, aber weich wie eine überreife Tomate. Er kicherte leise. Wenn er nicht gegensteuern würde, so nippelte der wohl bald ab. Das ständige Hüsteln nervte und versaute jegliche erotische Spannung. Und die Atemgeräusche, die klangen wie eine alte Dampflok. So hatte nicht mal sein Vater geklungen. Alkoholiker, der zwei bis drei Päckchen Zigaretten ohne Filter geraucht hatte. Seit seinem dreizehnten Lebensjahr, wie er stets stolz betonte. Gott, hatte ihn dieser Kerl angewidert. Und nun erinnerte ihn ausgerechnet ein Athlet, der aussah wie ein Unterwäschemodel, an diesen Arsch?

„Ob ich es lieber gleich beende?“, fragte er sich halblaut und grinste breit. Dass er es konnte, das hatte er bereits bewiesen.

34

„Was wir jetzt für tolle Sachen machen könnten“, seufzte Elias. Es war der verzweifelte Versuch, Birger aufzumuntern. Er saß im Schneidersitz auf der Pritsche, den Blick ständig auf Birger gerichtet. Aber er konnte ihn nur schemenhaft erkennen. Dem ging es nicht gut, das war nicht zu überhören. Das Giemen wurde immer lauter und bedrohlicher. Bald würde er wohl gar keine Luft bekommen.

„Hey, mir fällt da gerade etwas ein. Als die Pandemie ihren Höhepunkt hatte, mussten die Leute doch über solche komischen Blutschläuche mit so einer Höllenma... mit so einer Maschine beatmet werden.“

„ECMO, ja stimmt. Wie kommst du da drauf.“

„Ja, na ja, die lagen da alle auf dem Bauch, weil es hieß, dass sie da besser schnaufen können.“

Birger rang sich ein Schmunzeln ab.

„Du bist süß. Aber mit der ECMO atmet man gar nicht. Die liegen auf dem Bauch, damit sich die Lunge besser erholt, aber ich kann es ja mal versuchen.“

Birger richtete sich auf. Es fiel ihm schwer. Die Atemnot wurde sofort schwerer. Elias war aufgesprungen, soweit es seine Fesselung erlaubte, und half ihm. Birger war froh, dass er nicht allein in dieser schweren Lage war, wenngleich er Elias nicht dasselbe Schicksal gewünscht hätte. Eingesperrt wie ein alter Gaul vor dem Gnadenschuss.

Aber jetzt war er da und er tat ihm gut. Seine Berührungen wirkten beruhigend. Auf dem Bauch liegend, schlief Birger nach einer Weile ein. Elias blieb eine Weile neben ihm stehen und hatte seine Hand auf den Rücken des Mitgefangenen gelegt. Vielleicht bildete er es sich nur ein, aber der Bronchospasmus schien sich etwas aufzulösen. Die Atemgeräusche waren nicht mehr ganz so dramatisch. Aber sie waren da und es war nur eine Frage der Zeit, bis es wieder schlimmer werden würde.

35

Das Haus war kalt. Eiskalt. Selbst das Jugendzimmer, in dem Elias es sich, so gut wie möglich, gemütlich gemacht hatte, versprühte den drögen Charme des alten Kastens. Die Durchsuchung des Zimmers Elias' hatte nichts ergeben. Joshua fragte sich, wie ein junger Mann sich in dieser Museumsatmosphäre entwickeln konnte. Entweder wirst du ein Serienmörder oder ein Mordopfer. Die ganze Atmosphäre war so drückend und auch Birgit Dollinger brachte keine Wärme hinein. Einzig Agnes Haller vermochte das, auch wenn sie schwermütig war, aufgrund der Situation. Birgit Dollinger hatte darauf bestanden, sich nach der Rückkehr von Stuttgart zunächst frisch zu machen. Tatsächlich hatte sie sich umgezogen und trug ein Kleid, welches für einen Cocktailempfang geeignet gewesen wäre. Menschen reagieren in Stresssituationen auf die verrücktesten Arten, hatte Manfred oft gesagt, und dass verrückte Handlungsweisen kaum aussagekräftig sein würden. Joshua sah das anders. Birgit Dollinger widerte ihn an.

„Im Fernsehen gibt es in solchen Fällen immer Fangschaltungen." Birgit Dollinger kicherte albern.

„Ihre Leitung ist bereits angezapft. Das ist Routine."

„Aber das Telefon steht doch da, wie immer. Braucht man da nicht einen Haufen Technik?"

„Das war zu Zeiten des analogen Telefonnetzes so, ja. Das gibt es heute nicht mehr. Wenn er diese Nummer wählt, greifen wir alle Daten ab. Da nützt es ihm auch nichts, die Nummer zu unterdrücken."

„Ach! Das staune ich aber. Agnes, hast du dem Herrn Kommissar schon etwas angeboten?"

„Natürlich. Der Herr Kommissar hat abgelehnt."

„Ach wo. Einen Kaffee können wir doch zusammen trinken."

„Nun, ich bin eigentlich gekommen, um zu sehen, wie es Ihnen geht. Ich warte nur auf den Kollegen, der ihnen die nächsten Stunden zur Seite stehen wird. Er bleibt auch über Nacht."

„Du lieber Himmel. So ein Aufwand. Dabei ist der Elias doch gewiss nur wieder bei einem neuen Freund versackt."

Agnes zog eine unterschwellige Grimasse und verschwand in der Küche.

„Kam das denn öfter vor, dass er irgendwo ‚versackte', wie sie es nennen?"

„Aber ja", Birgit Dollinger kramte in ihrer Handtasche und zog eine Packung extradünne Zigaretten hervor.

‚Nuttenstengel. Das passt irgendwie', dachte Joshua.

Birgit Dollinger setzte sich auf die Couch in der Empfangshalle.

„Möchten Sie auch?", fragte sie und hielt Joshua die Packung Zigaretten hin.

Er verneinte, setzte sich an das andere Ende der Couch und steckte sich eine seiner eigenen Zigaretten an.

„Ein Mann mit Lastern. Das gefällt mir."

„Also, wie war das jetzt? Wie oft ist er weggeblieben und wie lange."

„Das kam schon oft vor. So ein oder zweimal im Monat. Am Wochenende halt. Das ist klar."

„Also, dass er wegblieb und die Schule schwänzte, das kam bisher nicht vor."

„Gott bewahre, nein. Er ist ein anständiger Junge."

‚Und du bist eine schreckliche Mutter.'

Joshua nahm einen Zug und blies den Rauch in den großen Raum.

„Dennoch, also, obwohl die Ausgangslage gerade ganz anders ist und es schon einen… und es einen weiteren Entführten gibt, machen Sie sich keine großen Sorgen? Brauchen Sie vielleicht psychologische Betreuung."

Birgit Dollinger lachte künstlich. Bei Joshua wirkte es fast wie körperlicher Schmerz, mit dieser Frau sprechen zu müssen.

„Das fehlte noch. Hier werden solche Sachen anders gelöst."

„Anders ist ja nicht zwangsläufig besser. Es ist keine Schande, in einer Ausnahmesituation Hilfe solcher Art in Anspruch zu nehmen."

„Nein, nein", antworte Dollinger und drückte die Zigarette umständlich aus.

„Sagen Sie, wäre es okay, wenn ich später noch mal das Haus verließe? Die Agnes ist ja da."

Joshua atmete durch, bevor er antwortete.

„Wenn es sich nicht vermeiden lässt."

Nein, leider. Ich hasse es nun mal, Verabredungen nicht einzuhalten."

Joshua dachte an Elias und er musste das Bild, welches er sich bisher über ihn gemacht hatte, korrigieren.

„Ihr Mann kommt wohl auch bald heim?“

„Wie? Ach ja, gewiss. Bitte entschuldigen Sie mich.“

Ohne ein weiteres Wort verschwand die Hausherrin im Obergeschoss. Kurze Zeit später, als hätte Agnes nur darauf gewartet, brachte sie Joshua den Kaffee und etwas Gebäck.

„Wie halten Sie das nur aus?“, fragte er Agnes.

„Ich tu es für den Jungen“, sagte Agnes mit brüchiger Stimme und verschwand in der Küche. Kurze Zeit später kam der Beamte, den Joshua für das Dollinger-Anwesen eingeteilt hatte. Er wies ihn kurz ein und verließ das Haus.

Er blieb noch ein paar Minuten im Auto sitzen. Die Stirn an das Lenkrad gelegt, bevor er den Motor startete und abfuhr.

36

Der Kriminalrat hatte eine abfällige Bemerkung gemacht. Er hielt es für einen Fehler, die Spur nach Fynns Peiniger weiter zu verfolgen. Die Intervention interessierte Manfred nicht und er hätte auch ohne den widerwilligen Segen von Kriminalrat Ederer weitergemacht, wie er es geplant hatte. Timm hatte angerufen und die Ergebnisse des Gespräches mit Inka durchgegeben. Die einzige Erkenntnis, die daraus hervorging, war jene, dass Elias vermutlich unmittelbar nach dem Verlassen des Eiscafés seinem Entführer in die Hände gelaufen war.

Nun stand Manfred Krüger wieder am Bahnhof Oberhausen. Sein Riecher hatte ihn nicht getäuscht. Wenige Minuten später tippte ihm jemand auf die Schulter. Langsam drehte sich Manfred um.

„Sind Sie der Kommissar, der nach mir sucht? Fynn Harms ist mein Name."

Fiete hatte nicht übertrieben. Fynn war tatsächlich ein bildhübscher Mann. Nordisch blond, sehr schlank, mit hohen Wangenknochen und einer sympathischen Ausstrahlung. Seine Kleidung war gepflegt und ausschließlich von Markenherstellern der hochpreisigen Sorte.

Der Drogenmissbrauch, Manfred tippte auf Crystal Meth, hatte noch nicht viel Schaden angerichtet. Abgesehen von zwei fehlenden Frontzähnen sah man ihm die Drogenkarriere nicht an.

„Jaa und ob ich dich gesucht habe. Hast du schon gegessen? Können wir uns irgendwo hinsetzen und reden."

„Ne, gegessen hab ich noch nix aber…"

Manfred winkte ab.

„Natürlich bist du eingeladen."

Manfred wollte nicht in diesem Umfeld mit dem jungen Mann reden. Er führte ihn zu seinem Wagen, einem schwarzen Citroën C6 mit allerlei Schrammen und Ledersitzen, die schon an den Nähten allmählich aufplatzten. Das Restaurant, welches er im Auge hatte, war nur drei Autominuten entfernt und um diese Zeit, selbst am Freitag, nicht sehr voll.

Der kroatische Wirt begrüßte Manfred mit seinem Namen und führte ihn an einen Tisch in der hintersten Ecke.

Manfred bestellte ein Radler und Fynn ein großes Spezi.

„Wie mein Junge, der bestellt auch immer nur Spezi."

Fynn lächelte verlegen und schaute in die Speisekarte.

„Du siehst aus, als könntest du etwas vertragen. Bestell' dir, was du magst."

Nachdem der Wirt die Bestellung fürs Essen aufgenommen hatte, lehnte sich Manfred vor.

„Stimmt es, dass du bei Henri Holm untergekommen bist?"

Fynn nickte.

„Seid ihr ein Paar?"

„Gott, nää. Ich wohne da halt. Zurzeit."

„Ist es schon absehbar, wie lange du dort noch wohnst?"

„Mal schauen."

„OK, Fynn, ich ermittle in einem Fall einer zweifachen Entführung und gleichzeitig eines Tötungsdelikts."

Fynn nickte leicht.

„Hmm, ich habe davon gehört, aber ich…“

Manfred schaute für einen kleinen Moment genervt und unterbrach Fynn.

„Du bist kein Verdächtiger oder gar Beschuldigter. Aber vielleicht kennst du den Mann, den wir suchen.“

„Wieso sollte ich den kennen?“

„Ich habe gehört, dass du in die Fänge eines Mannes gekommen bist, der dich mit K.o.-Tropfen ausgeschaltet hat. Und, na ja, sich an dir vergangen hat.“

„Wer hat das behauptet?“

„Es stimmt doch? Das sehe ich dir doch an.“

„Darüber möchte ich eigentlich gar nicht mehr reden.“

„Du warst damit auch nicht bei der Polizei, nicht wahr?“

Fynn senkte den Kopf und nickte.

„Hat der Mann Geld? Hat der vielleicht mal etwas über eine verlassene Garage oder ein einsames Häuschen gesprochen?“

„Ich weiß gar nichts über den. Null. Geld? Nee, glaube ich nicht. Nein, auf keinen Fall. Jemand mit Geld würde nicht in so einem Wohnklo hausen. Ich weiß auch nicht, was der arbeitet. Ich habe auch große Lücken in der Erinnerung. Wegen der Drugs, die der mir in den Drink gemischt hat. Der Penner.“

„Das verstehe ich gut. Aber versuch dich, so gut, wie es geht, zu erinnern. Wie alt war der Mann?“

„Angeblich Mitte 30. Der sah aber eher aus wie 50. Da fällt mir doch noch was ein. Ich habe von einem Anderen gehört, dass der mit falschen Bildern Jungs zu Dates lockt, und dann ganz empört reagiert, wenn die ihn beschimpfen und sofort wieder abhauen, wenn der mit seiner hässlichen Visage am Treffpunkt erscheint“, halblaut fügte er hinzu, „ich möchte nur wissen, was sich solche Assis davon nur versprechen.“

Manfred horchte auf, ließ sich aber nichts anmerken.

„Aber du bist mitgegangen, weil er dir Geld versprochen hat?“

Fynn nickte.

„Hast du es bekommen?“

„Einen alten Scheiß hab ich. Der hat sich selbst bedient und mich dann am Bahnhof abgelegt, wie einen Sack voll Müll.“

„Ich dachte, du hättest gesehen, wie er dir etwas in den Drink getan hat?“

„Schon, aber das ist auch nur so ein Bruchstück in der Erinnerung. Dass er mir etwas gegeben hat, daran gibt's keinen Zweifel.“

„Okay. Wie habt ihr euch angesprochen oder hast du seinen echten Namen am Klingelschild erkannt?"

„Das hätte ich ja wohl gleich zu Anfang gesagt“, Fynn lachte.

„Ja, ich dachte, ich frag trotzdem mal.“

„Eigentlich wollte ich von diesem Kerl nie wieder etwas sehen und hören. Das hat mir schwer zu schaffen gemacht und ich hätte fast wieder angefangen, Drugs zu nehmen. Aber hey, die Sache mit den Jungs im Lechfeld ist echt eine harte Nummer. Dazu der arme Bro, der ermordet wurde. Also, vielleicht…“

Manfred vergaß zu atmen.

„… vielleicht würde ich die Wohnung oder wenigstens die Gegend erkennen. Es muss im Augsburger Süden sein. Also, ich kann nur anbieten, dass ich mit Ihnen die Straßen abfahre.

Vielleicht haben wir Glück. Aber…“

„Aber?“

„Aber ich mache das nur mit Ihnen. Sie scheinen okay zu sein. Zu anderen Bull… Polizisten habe ich kein Vertrauen. Das ist meine Bedingung.“

„Abgemacht!“

„Können wir trotzdem vorher noch essen?“

„Ich verstehe die Frage nicht“, sagte Manfred und rieb sich den Bauch. Fynn lächelte verlegen.

Kurze Zeit später wurden die Gerichte serviert. Ein Grillteller für Fynn und ‚Pola Pola‘ für Manfred. Er hatte hier noch nie etwas anderes ausprobiert.

37

Manfreds Anruf erreichte Joshua vor dem Haus der Familie Heiß. Die beiden Tornados, die mit der Wärmebildkamera die Gebiete, die Manfred vorgegeben hatte, absuchten, verursachten einen Heidenlärm und Joshua eine Gänsehaut.

Er wies Sebastian Bär und Fabian Hagen an, beim Dreimäderlhaus in Augsburg-Haunstetten in Stellung zu gehen, um Manfred rasch zur Hilfe kommen zu können, falls er und Fynn das Haus des Verdächtigen mit den K.o.-Tropfen finden würden.

„Und nun?“, fragte Fabian, nachdem Sebastian rückwärts vor dem kleinen alten Gebäude, welches früher ein Kino beherbergte, eingeparkt hatte.

„Nun warten wir“, antwortete Sebastian, während er den Verkehr auf der Landsberger Straße beobachtete.

„Hmm.“

„Was, hmm?“

„Irgendwie habe ich mir das anders vorgestellt, in einer Sonderkommission.“

„Du hast vielleicht zu oft Tatort und die Rosenheim-Cops geschaut. Mordermittlung heißt Fleißarbeit. Fleißarbeit und warten können.“

„Hmm.“

„Hmm.“

„Bissl Action wäre schon schön."

„Die Action kommt früher, als dir lieb ist. Vielleicht sogar heute noch."

Fabian nickte, sagte aber nichts mehr.

Martinistraße, Südstraße, Edelweißstraße. Manfreds C6 schaukelte wie ein Segelschiff in rauer See über die buckligen Straßen Haunstettens. Hin und wieder fragte er Fynn, ob er etwas erkenne.

„Und?"

„Die Häuser sehen alle irgendwie so gleich aus. Auf jeden Fall lag der Hauseingang tiefer als der Fußweg dorthin. Glaube ich. Oh Mann."

Der schlanke Fynn wirkte auf den üppigen Sesseln des großen Citroën ohnehin schon verloren. Sein Gesichtsausdruck drückte immer mehr Verzweiflung aus. Manfred hatte nun fast alle Straßen abgefahren. Er bog in die Stefan-Zweig-Straße ein. Eine Sackgasse. Manfred fuhr zusammen, als Fynn plötzlich rief:

„Hier, das muss es sein. Ja, ich bin mir ziemlich sicher."

„Puuuh, ok fein", antwortete Manfred, fuhr die Sackgasse bis zum Ende, wendete und fuhr zurück. Er stellte seinen Wagen ein paar Häuser weiter westlich ab, um nicht direkt vor dem Haus stehenzubleiben, und so den Verdächtigen vorzuwarnen.

Seelenruhig nahm er sein Telefon und wählte die Nummer von Sebastian Bär.

„Stefan-Zweig-Straße 5. Kommt ihr?"

Dann steckte er das Telefon wieder ein.

„Du bleibst gleich sitzen. Wir holen dich, wenn wir dich für die Identifizierung brauchen, okay?"

Fynn nickte. Sein Herz schlug ihm bis zum Hals hinauf.

Es dauerte keine zwei Minuten, da bog der Wagen von Sebastian und Fabian ein. Auch Sebastian fuhr die Straße bis zum Ende, wendete und kam hinter Manfreds Wagen zu stehen.

„Gucken wir uns den Burschen mal an?“, fragte Sebastian und Manfred nickte und ging ruhigen Schrittes zu der Hausnummer 5.

Die Haustür war nicht verschlossen.

Die drei gingen hinein. Manfred klopfte an der Wohnungstür zur Rechten.

Aus der Wohnung drang gedämpfte Musik.

Es dauerte etwas, bis sich die Tür öffnete.

Zum Vorschein kam ein ungepflegter Mann mit fettigen Haaren, gelben Zähnen in einem ausgeleierten T-Shirt und einer löchrigen, fleckigen Trainingshose. Das asymmetrische Gesicht ließ ihn erscheinen wie eine Witzfigur. Eine sehr unattraktive Witzfigur. Fynns Personenbeschreibung passte. Der Mann wirkte wie um die Fünfzig, aber es könnte auch sein, dass der Lebenswandel und die Drogen das Erscheinungsbild beeinflusst hatten und er in Wahrheit deutlich jünger war, überlegte Manfred.

Manfred schielte auf das Klingelschild.

„Grüß Gott, Herr Holm, Krüger ist mein Name, das sind die Kollegen Bär und Hagen. Wir kommen von der Kripo Augsburg und hätten ein paar Fragen an Sie.“

Sebastian bedeutete Fabian, Fynn dazu zu holen.

„Es ist nur Routine, keine Sorge.“

„Routine und da kommen Sie mit drei Mann aufmarschiert?“

„Ooch, das ist eher Zufall“, gütig zwinkerte Manfred dem seltsamen Mann zu.

Fynn kam ins Haus und rief sofort: „Das ist der Kerl!“

Henri Holm erschrak, schlug die Tür zu, die an Manfred abprallte und verschwand blitzschnell in der Wohnung. Fabian stieß Manfred beiseite und rannte hinterher.

Sebastian eilte aus dem Haus, um dem Flüchtigen gegebenenfalls den Weg in dieser Richtung abzuschneiden.

Manfred zückte sein Handy und forderte Verstärkung und einen Durchsuchungsbeschluss an. Kriminalrat Ederer hatte eine gefühlte Ewigkeit gebraucht, um die Adresse und den Namen korrekt zu notieren.

„Was kann der eigentlich?“, murmelte Manfred, nachdem er aufgelegt hatte. Dann wandte er sich Fynn zu.

„Wir beide warten im Auto.“

Fynn nickte. Er wirkte geschafft, aber auch zufrieden. Geräusche aus dem Treppenhaus ließen die beiden zögern.

Eine ältere Dame kam aus dem ersten Stock die knarzende Holztreppe hinunter. Jede einzelne Stufe schien ihr Schmerzen zu bereiten.

Henri Holm rannte durch die Gärten der Nachbarn, als sei der Teufel hinter ihm her.

Er war schneller als gedacht, aber Fabian war Triathlet und voll im Training, bei bester Kondition.

Der Flüchtige rannte über die viel befahrene Landsberger Straße. Das Quietschen der Bremsen dröhnte in Fabians Ohren. Weiter hinten kam es in Richtung Süden zu einem Auffahrunfall. Fabian hob die Hand warnend und bahnte sich seinen Weg durch den dichten Verkehr.

Holm war es gelungen, vor der einfahrendem Straßenbahn, die in diesem Abschnitt parallel zur Landsberger Straße verlief, auf die andere Seite der Gleise zu kommen.

„Fuck!", rief Fabian.

Als die Straßenbahn aus dem Weg war, war der Blick frei auf ein unbebautes Grundstück. Das Gras war hochgewachsen, jedoch nicht hochgewachsen genug, um sich darin verstecken zu können. Fabian sprang mühelos über den Entwässerungsgraben, der Straßenbahngleise und die dahinter liegenden Grundstücke voneinander trennte und ließ seinen Blick schweifen. In der Ferne waren schon die Martinshörner der Verstärkung zu hören. Holm wartete ab, bis Fabian in die andere Richtung schaute, tauchte aus dem Graben auf, rang nach Luft und wollte in die andere Richtung flüchten. In der Sekunde fuhr Fabian herum, nahm einen Satz und schlug Holm die Beine weg. Er stürzte und rollte in den Graben zurück. Fabian zog seine Waffe.

„Ist schon gut, ich haue nicht mehr ab", sagte Holm, schwer atmend. Er war über und über mit Schlamm und Matsch bedeckt.

„Das will ich dir auch raten, sonst schieß ich dir ins Schienbein, du Dreckschwein."

Fabian sprang über den Graben, Holm fest im Blick, der folgte ihm. Fast wäre er bei der Landung wieder abgerutscht. Wie er mit den Armen wedelnd um das Gleichgewicht kämpfte, zwang Fabian ein Grinsen zu unterdrücken.

Als er Manfred kommen sah, bemühte er sich um einen professionellen Ausdruck.

„Wieso hatten Sie es denn plötzlich so eilig, Herr Holm?", fragte Manfred, als würde er eine ernsthafte Antwort erwarten.

„Ich nehme Sie fest, wegen des Verdachts der Vergewaltigung

in einem besonders schweren Fall."

Holm sagte nichts mehr. Fynn beobachtete das Treiben von der anderen Straßenseite aus.

„Das hast du gut gemacht, mein Junge", lobte er Fabian, der etwas verlegen wurde.

Kurze Zeit später kam ein Wagen mit zwei uniformierten Polizisten neben ihnen zu stehen. Manfred übergab den Festgenommenen an die Beamten. Sie schauten angewidert, ob des verdreckten, stinkenden Henri Holm, sagten aber nichts.

„Ja, Fabian, da hast du einen dicken Fisch geangelt. Nur ist es leider nicht der Fisch, den wir suchen."

38

Es war für einen Freitag wenig Betrieb gewesen in der Lechtal-Apotheke in Untermeitingen. Sandra Fitzner war mit Frau Doktor Hohenscheid allein im Geschäft. Sandra mochte diese schwüle Hitze nicht. Sie hasste es, wenn die Kleidung am Körper klebte. Sie hasste es, dass alle Welt an den Lech zum Baden ging und sie sogar an diesem Samstag würde arbeiten müssen. Sie war aber auch zuletzt immer seltener an den Lech gegangen. Die Geheimtipps, wo man noch etwas ruhe hatte, waren längst keine Geheimtipps mehr. Dazu halbstarke Bengels, die sich über ihre Kurven lustig machen. Ihr Vater hatte gemeint:

„Des san nur die Flüchtlinge und das ganze G‘schwerl".

Sie hatte nicht darauf geachtet. Auf jeden Fall nahm es ihr die Freude an der Entspannung am Flussufer. Die schaute auf die Uhr. Mit Aufräumen und Kasse machen noch knapp 1 ½ Stunden. Dann würde Sie erstmal eine eiskalte Dusche nehmen und dann eine Pizza bestellen. Das war ihr Ritual am Freitag. Auf dann, wenn sie am nächsten Tag würde arbeiten müssen, wie an diesem Wochenende.

Sie kannte die alte Frau nicht, die zögerlich die Apotheke betrat, aber dieser miesepetrige Ausdruck machte die Frau für Sandra sofort unsympathisch.

Nichtsdestotrotz begab sie sich in Position am Tresen und wartet darauf, bis die alte Frau endlich vor ihr stand. Auf dem Weg dorthin hatte sie sich umgesehen, wie ein Bankräuber, der seinen Tatort vorab besichtigte. Umgekehrt hatte Sandra die Gelegenheit, den absurden Aufzug der seltsamen frau zu begutachten. Ein beigefarbener Anorak mit breitem Gürtel. So etwas hatte ihre Mutter in den Siebzigern getragen, als sie mit ihr schwanger war. Halbhohe, uralte und verschlissene Schuhe, aus denen die von Wassereinlagerungen aufgeschwemmten Füße herausquollen. Dann war da noch ein bordeauxfarbenes Kopftuch, welches sie abnahm, als sie den Tresen erreicht hatte. Sandra schlug ein muffiger, abgestandener Geruch entgegen. Bei ihrer Oma im Keller roch es ähnlich.

„Grüß Gott, wie kann ich Ihnen helfen?“

„Asthma. Ich brauche etwas gegen Asthma.“

Der patzige Ton hatte nun auch die Aufmerksamkeit der Chefin geweckt. Sie kam dazu.

„Haben Sie ein Rezept?“

„Sehen Sie hier eins? Ich nicht!“

„Dann wird es schwierig. Asthmamedikamente sind ausnahmslos verschreibungspflichtig.“

„Ja so ein Schmarrn. So ein kleines Sprühdings? Da soll ich jetzt extra zum Arzt da dafür?“

„Wenn es für Sie ist, ja.“

„Jetzt werden sie mal nicht noch schnippisch.“

„Natürlich nicht“, Doktor Hohenscheid lächelte übertrieben freundlich, wie Stewardessen es tun, wenn sie mit betrunkenen Fluggästen sprechen.

„Sehen Sie, ich kann ihnen Hustenmedizin geben oder Schleimlöser…“

„Red i chinesisch? Ich habe doch klar und deutlich Asthma gesagt.“

„Asthma muss exakt medikamentös eingestellt werden. Da

kommen Sie…“

„Kann ich Sie mal kurz hinten sprechen?“, unterbrach Sandra ihre Chefin in gespielt strengem Tonfall.

„Warten Sie einen Moment bitte. Vielleicht können wir Ihnen doch helfen.“

Die Apothekerin verstand nicht, wie ihr geschah. Sie folgte Sandra zögerlich in den Lagerraum.

Außer Hörweite der seltsamen alten Frau klärte sie ihre Chefin auf.“

„Chefin, die Nelly hat doch, bevor sie ins Wochenende ging, erzählt, dass heute Polizei da war. Der Polizist fragte nach jemandem, der versucht hat, Asthmamedizin zu bekommen. Es geht da wohl um diese Entführung von den beiden Männer. Der Dollinger-Junge und noch ein zweiter.“

„Das habe ich nicht mitbekommen. Das muss in meiner Mittagspause passiert sein. Aber, trauen Sie dieser seltsamen Person eine Entführung zu, Sandra?“

Doktor Hohenscheid rieb ihr Kinn und blickte in Richtung der Kundin, ohne sie sehen zu können.

„Eher nicht, aber vielleicht hat ja der Entführer sie beauftragt. Keine Ahnung, aber komisch ist das schon.“

„Nun, es kommen immer mal wieder Kunden, die glauben, einfach so einen Asthma-Spray kaufen zu können.“

„Ja, schon richtig, aber sollen wir das ignorieren? Wir sollten uns schnell etwas überlegen, bevor die abhaut.“

„Was ist denn das für eine lausige Bedienung?“, schallte es aus dem Verkaufsraum.

„Okay, ich glaube, ich weiß.“

Bemüht, sich nichts anmerken zu lassen, kehrten beide zurück. Es war eine weitere Kundin dazu gekommen. Doktor Hohenscheid bat Sandra, diese zu bedienen.

Freundlich lächelnd wandte sich die Apothekerin wieder an die renitente alte Frau.

„Wir können es so machen, dass ich Ihnen das Spray jetzt mitgebe und sie mir das Rezept dann innerhalb einer Woche nachreichen."

„Na also. Wieso muss man immer erst so ein Theater machen."

Doktor Hohenscheid mahnte sich selbst zur Vorsicht. Wenn sie es der Kundin jetzt zu leicht machte, so würde sie vielleicht Verdacht schöpfen.

„So machen wir das. Ich brauche dann nur ihren Ausweis. Derweil hole ich ein paar Produkte, die für sie infrage kommen."

Die alte Frau zögerte einen Moment, öffnete dann aber mit grimmigem Ausdruck in der Handtasche und zog ihren Personalausweis hervor.

Doktor Hohenscheid legte ihr fünf verschiedene Applikatoren vor. Sie empfahl ein Kombinationalpräparat, weil die am besten helfen würde, sollte das Spray tatsächlich für den Entführten sein, der längere Zeit keine Medikamente erhalten hatte.

„Abrechnen tun wir das dann, wenn sie das Rezept bringen. Das würde Sie jetzt sonst 85 Euro kosten. Das muss ja nicht sein. Das übernimmt dann…"

„Ja, ja. Danke auch."

Die Frau steckte das Berodual-Spray in die Handtasche und verschwand. Während Sandra noch im Kundengespräch war, ging sie ins Büro und informierte die Polizei.

Als sie zurückkehrte, platzte Sandra vor Neugier.

„Und? Haben sie die Polizei informiert."

„Ja, aber dieser Polizist, Ederer oder Eder hieß der, hat seltsam reagiert. Als ob es sich schon erledigt hätte. Nun ja, wir sind dann wohl unserer staatsbürgerlichen Pflicht nachgekommen. Mehr als das, ich habe ein verschreibungspflichtiges Medikament ohne Rezept herausgegeben."

39

„Wie können Sie so sicher sein, Krüger, dass dieser Holm nicht unser Mann ist?“, fragte Kriminalrat Ederer. Joshua schaute an die Decke und verdrehte die Augen.

„Ich spüre es, Herr Kriminalrat. Das ist weder ein Mörder noch jemand, der so sportliche Jungs wie Birger und Elias überwältigen könnte.“

Ederers Gesicht lief rot an. Noch bevor er hatte loswettern können, ergänzte Manfred:

„Außerdem hat er ein Alibi für die fraglichen Zeiten, der ‚Gaydertweetet‘. Du lieber Himmel. Das Twitter-Profil von dem lässt tief blicken. Virtuell hat er den Mordsmolly gespielt. Real musste er die Jungs mit Geld locken, um sie ausknocken und misshandeln zu können. Bezahlt hat der aber wohl kaum jemanden. Wollten Sie noch was sagen, Chef?“

Ederer stammelte noch etwas und stürmte aus dem Büro.

„Und bei dir so?“, fragte Manfred den grinsenden Joshua.

„Ich war kurz bei Familie Heiß. Das war unschön.“

„Das denke ich mir.“

„Ja, die Freundin von Birger hat von seiner Schwester erfahren, dass der junge Mann eher auf Männer steht. Sie keifte und schrie und verschwand. Unschön.“

„Weiß es denn die Familie nun auch?“

„Ja, aber die hat komischerweise sehr gechillt reagiert. Sogar der Vater. Bei dem klingt nur immer etwas durch, als würden wir unseren Job nicht anständig machen."

Die Tür ging auf und Jonathan Zöllner kam herein. Mit dem breiten Grinsen eines Gewinners blieb er im Türrahmen stehen.

„Ich glaube, ich hab da was, was euch weiterhelfen könnte."

Joshua und Manfred folgten dem Computerexperten. Auf dem Flur begegneten Sie Timm. Manfred bat ihn, sie zu begleiten.

Jonathan setzte sich an seinen Schreibtisch und las laut vor:

„Bla bla bla, aber hier wird es interessant:

‚Du bist in Mindelheim und ich im Lechfeld. Hab' leider kein Auto.

Ist doch kein Ding. Dann komme ich halt zu dir.

Wenn es dir nichts ausmacht?

Alles cool. Hinterm Netto gibt es doch so einen Wandererparkplatz, oder? Wollen wir uns dort treffen? Oder woanders? So mega kenne ich mich in deiner Gegend leider nicht aus.

Sehr gut. Um 19 Uhr 30? Schaffst du das?

Locker, war schon duschen. Bis gleich.'

Das klingt doch vielversprechend, oder nicht?", sagte Jonathan mit sich überschlagender Stimme.

Joshua küsste Jonathan auf den Kopf.

„Zeig mal Fotos von dem Kerl."

Jonathan folgte Manfreds Bitte.

„Nicht schlecht. Geschmack hat er, der Kleine."

„Die Fotos sind doch nicht echt, oder?“

„Ich denke doch. Schau, hier. Da sitzt der Typ in einem X1 mit Mindelheimer Kennzeichen.“

„Geil!“

„Es kommt noch geiler. Hier ist der X1 abgebildet, mit den letzten zwei Zahlen des Kennzeichens. Sieben Acht. Jetzt ratet doch mal, wie viele BMW X1 in Mindelheim zugelassen sind, deren Kennzeichen auf Sieben Acht enden?“

„Einer?“, fragte Manfred, in einem Ton, der um Bestätigung flehte.

„Bingo. Da habt ihr das ganze Kennzeichen und die Adresse in Tussenhausen. Schnappt euch den Mistkerl.“

Fünf Minuten später saßen die Drei, Manfred, Joshua und Timm im Auto. Die Stimmung war euphorisch. Nur Manfred war gechillt wie immer.

40

Jan hatte fast den ganzen Tag am Computer verbracht. Er hatte sich das Hirn zermartert, wer hinter dem Mord und den beiden Entführungen stecken könnte. Es hatte seinen Stolz verletzt, dass Joshua ihn vom Fall abgezogen hatte. Dabei wusste Jan verstandesmäßig, dass er es gut meinte und auch keine andere Wahl hatte. Joshua wollte Schlimmeres verhindern. Aber da war noch etwas anderes. Es war sein verdammter Stolz. Er würde es so gern allen zeigen, was für ein hervorragender Kriminalist er doch war. Jeweils nach ein paar Stunden Recherche machte er eine Pause. Aber dann kam ihm sofort wieder etwas in den Sinn, was er noch ausprobieren könnte. Erfolglos. Dass er das dienstliche Laptop, welches ihm im Zuge des ersten Corona-Lockdowns im März 2020 ausgehändigt worden war, half ihm nicht so, wie er es sich erhofft hatte. Aber so konnte er wenigstens die Zwischenergebnisse der Kollegen abfragen. Auch der Autopsiebericht war bereits gegen Mittag im Postfach des K1 eingetroffen. Er hatte ihn nicht ganz gelesen. Es tröstete ihn etwas, dass die Verstümmelungen, wie erwartet, postmortal vorgenommen worden waren. Aber das war eigentlich schon klar gewesen, nachdem die ersten Leichenteile gefunden worden waren.

Er war mittags zum Klinikum Augsburg Süd gefahren, um sich nach dem Befinden von Magda Ahlberg zu erkundigen. Man blieb vage und die Frage, ob er sie sehen könne, wurde vehement verneint.

Als er heimkam, hatte er sich sämtliche Klamotten vom Leib gerissen und sich mit dem Laptop im Schneidersitz auf die Couch gesetzt. Am Schreibtisch bekam er rasch Rückenschmerzen.

Die Luft war stickig und er fühlte sich klebrig. Er ging ins Bad und stellte sich unter die eiskalte Dusche. Er lehnte seinen Kopf gegen die Wand und ließ das Wasser auf seine Schultern prasseln. Er war ganz froh, dass Lena angekündigt hatte, etwas Ruhe zu brauchen und deshalb die nächste Nacht daheim schlafen wollte. So hätte er mehr Zeit, sich auf den Fall zu konzentrieren. Der Fall, von dem er eigentlich abgezogen worden war. Er dachte an die letzte Nacht.

‚Sie ist schon eine tolle Frau', dachte er. Wie konnte Joshua nur darauf verzichten? Auf Frauen verzichten.

Er schmunzelte, ob der seltsamen Gedanken, die ihm durch den Kopf gingen.

Er stellte das Wasser ab, trocknete sich nur flüchtig ab und setzte sich wieder an seinen Laptop. Kurze Zeit darauf klingelte sein Handy. Es war eine seiner vielen Frauenbekanntschaften, wie die Rufnummernanzeige verriet. Er hatte jetzt keinen Nerv auf die. Er ließ den Anrufbeantworter anspringen. Kurz darauf sendete ‚Sandra Fitzner privat' eine WhatsApp-Nachricht.

41

Die Marktgemeinde Tussenhausen lag etwa 45 km südwestlich von Augsburg, im Landkreis Unterallgäu. Das Navi hatte eine Fahrzeit von 45 Minuten vorhergesagt. Mit Blaulicht schaffte es Joshua in 37 Minuten im dichten Feierabendverkehr an diesem Freitag.

In einer Neubau-Siedlung, in der Nähe der Kirche St. Martin, verkündete das Navi

„Sie haben ihr Ziel erreicht. Ihr Ziel befindet sich auf der rechten Seite."

„Chices Häuschen", meinte Manfred. Die Hausnummer 7 war ein großer Bungalow mit einem akkurat gepflegten Vorgarten. In der Einfahrt stand ein Audi e-tron. Dessen Ladekabel war mit der Wallbox in der Einfahrt verbunden. Das Garagentor war verschlossen.

Noch bevor sie das Haus erreicht hatten, öffnete Ihnen der Hausherr, Benno Strasser.

„Grüß Gott, die Kripo aus Augsburg. Ich nehme an, Sie sind der Herr Strasser?"

Der Mann Mitte 50 in Strickjacke und Cordhose erschrak, fing sich jedoch rasch.

„Benno Strasser, ja. Das ist bestimmt ein Versehen."

„Joa, gucken wir mal. Ist denn der Leon im Haus?"

„Der Leo… ja, ja in der Garage."

„Wenn Sie so nett wären, ihn zu holen. Wir hätten ein paar Fragen an ihn."

Die Augen Strassers fielen auf den BMW vor der Tür mit dem magnetischen Blaulicht auf dem Dach. Ihm wurde heiß.

„Bitte kommen Sie, ich hole ihn."

Auf wackeligen Beinen verschwand Benno Strasser.

„Timm, schau du mal draußen, dass der Bursche uns nicht stiften geht."

Timm nickte und ging vor dem Haus in Stellung.

Leon Strasser kam in Latzhose aus dem hinteren Bereich des Hauses.

Obwohl sein dichtes schwarzes Haar etwas zerzaust war und sich etwas Schmiere auf seiner Backe befand, war sofort erkennbar, dass das der junge Mann von den Fotos in Birgers Nachrichtenverlauf war.

„Hallo? Sie wollen zu mir?", fragte der Junge mit einer sanften Stimme.

Manfred stellte sich und Joshua vor.

„Können wir uns irgendwo in Ruhe unterhalten?"

Leon zögerte kurz.

„Ja. klar. Am besten in der Küche."

Er führte die Beamten in eine großzügige Küche mit modernsten Küchengeräten. Leon legte eine Zeitung auf die Bank, bevor er sich mit seiner Arbeitskleidung setzte.

„Leon, du bist doch Allgay23?"

Leon wurde rot, schaute zur Tür.

„Ja, das stimmt.“

„Genau. Und am Mittwoch hast du dich mit einem gewissen ‚Nordishblond‘ verabredet. Für ein Treffen im Lechfeld.“

Joshua stand auf und schloss die Tür, vor der Benno Strasser wartete. „Bitte halten Sie sich zur Verfügung. An Sie haben wir dann auch gleich noch ein paar Fragen.“

Leon wartete mit der Antwort, bis Joshua wieder Platz genommen hatte.

„Ja, das stimmt. Wir wollten uns beim Netto treffen. Aber er ist nicht erschienen.“

„Warst du zu spät dran?“

„Nein, das heißt, vielleicht eine Minute, maximal zwei.“

„Wie lange hast du da gewartet?“

„So eine viertel Stunde.“

„Hast du nicht versucht, ihn anzurufen oder anzuschreiben?“

„Nee, die Telefonnummer hatte ich nicht und er war auch nicht online seitdem. Das passiert ständig. Meistens sind es alte Säck… ältere Herren, denen es Spaß macht, Jungs wie mich zu versetzen. Die beobachten das dann aus sicherer Entfernung und wichsen sich einen. Wobei das noch nicht der Worst Case ist.“

„Na?“, ermunterte Manfred den jungen Mann fortzufahren.

„Manchmal erscheinen die dann und haben null Ähnlichkeit mit den Fotos, die sie online gezeigt haben und sind viel viel älter und versuchen dennoch zu landen. Pff. Lächerlich.“

Joshua war ganz froh, dass Manfred die Befragung leitete. Leon war genau sein Beuteschema. Die Natur hatte es gut mit ihm gemeint und offenbar die Gene des Vaters nicht in das Erscheinungsbild des Sohnes einfließen lassen. Vielleicht war er auch adoptiert, überlegte Joshua. Leon schien es nicht entgangen zu sein, dass Joshua auf seinen Oberkörper starrte. Wenigstens auf die Bereiche davon, die nicht vom Latz verdeckt waren. Die strammen Schultern. Joshua verbot sich diese Gedanken.

„Was hast du dann gemacht?", fragte Manfred.

„Was soll ich gemacht haben? Ich bin nach Hause gefahren."

„Kann das dein Vater bestätigen?"

„Ja sicher und meine Mom und meine Sis. Wir haben dann noch lange auf der Terrasse gesessen bei Bier und Feuertonne. Moment, war das an dem Abend… ja, stimmt."

Joshua und Manfred tauschten Blicke aus.

„Am Donnerstag, was hast du da gemacht?"

„Gearbeitet. Wie immer von halb zehn bis 18 Uhr. Nein, Moment, gestern kam ich erst später raus, weil ich noch einen Termin bei einer Kundin hatte. Ich war dann erst gegen 19 Uhr Zuhause. Aber sagen Sie, was ist denn mit dem Boy?"

„Hörst du keine Nachrichten, Leon? Er wird vermisst und mit ihm ein anderer junger Mann."

„Oh wow, nee keine Ahnung. Auf Arbeit läuft kein Radio, weil es meinen Chef nervös macht und im Auto höre ich Musik."

„Es stand auch in der Zeitung. Gestern schon und heute ganz groß. Überregional."

„Null Ahnung. Ich schaue nur ab und zu in den ‚SPIEGEL' von meinem Dad."

„Sind denn deine Mutti und deine Schwester zuhause?"

„Beide beim Yoga. Das wird noch eine Weile dauern oder Sie

fahren an der Sporthalle vorbei.“

„Gib mir doch bitte die Adresse und Telefonnummer deines Chefs. Wenn der dein Alibi bestätigt, ist die Sache für uns und dich erledigt.“

Joshua rief den Chef Leons sofort an. Er wie auch Leons Vater bestätigten die Aussagen des jungen Mannes.

Als die Drei im Auto saßen, herrschte zunächst Stille. Timm war es, der die Stille brach.

„Also sind wir wieder ganz am Anfang?“

„Das ist so in unserem Beruf. Da passieren solche Rückschläge ständig.“

Joshua nickte. Aber seine Enttäuschung war ihm ins Gesicht geschrieben.

Die Drei beschlossen, auf das Gespräch mit Leons Mutter und Schwester zu verzichten und fuhren auf direktem Wege zurück nach Augsburg.

42

„Jan, manchmal brauchst du einfach eine kleine Portion Glück. Ohne die wird es selbst für die ausgefuchstesten Kriminalisten schwer."

Er schmunzelte, als er an diesen Satz, der für Manfred Krüger typisch war, denken musste.

Er könnte die Lösung sein, aber vielleicht auch doch nur ein totes Gleis.

Er wollte sich nicht blamieren und auf einen Anschiss von Joshua konnte er jetzt erst recht verzichten. Deshalb hatte er niemanden eingeweiht.

An der Adresse, die Sandra ihm gegeben hatte, stand ein schäbiges altes Haus. Es war unweit von dem Neubau, in dem die Familie Heiß ihre Wohnung hatte. Der Putz war großflächig abgefallen und der letzte Anstrich musste vor Jahrzehnten vorgenommen worden sein.

Unten lebte die Mutter, die Sandra so blumig wie lustig beschrieben hatte, oben er. Beide alleinstehend.

Der Garten war ungepflegt. Der Anblick dieses schmucklosen Hauses, inmitten all der chicen Neubauten, deprimierte Jan.

Er hatte einen Parkplatz gefunden, wo sein privater 1er-BMW nicht auffiel, er jedoch freien Blick auf das Haus und vor allem die Einfahrt hatte. Bald würde die Sonne komplett hinter dem Horizont versunken sein. Es könnte Fluch und Segen zugleich sein.

Es tat sich nichts. Jan hatte immer mehr Mühe, die Augen offenzuhalten. Der Tag war anstrengend und das Adrenalin, welches vorhin in seinen Körper schoss, als er mit Sandra telefonierte, war längst verflogen. Er wartete und wartete. Hatte er sich verrannt? War es okay, einen Alleingang zu starten? Schon wieder? Er dachte nicht weiter darüber nach und mahnte sich selbst, Geduld zu haben. Der starke Kaffee aus der Thermosflasche war längst aufgebraucht und schließlich fielen seine Augen zu.

43

Die Enttäuschung steckte Joshua in den Knochen. Auf dem Weg nach Tussenhausen, mit dem Blaulicht auf dem Dach, fühlte sich noch alles so richtig an. Es fühlte sich an, wie das Finale. Er war fast besoffen von dem Gedanken, den Fall so rasch aufgeklärt zu haben und nun war alles auf Anfang gesetzt. Er fühlte sich, wie ein Versager. Lange hatte er noch im Büro gesessen und hatte die Chronologie dieses Falls wieder und wieder im Kopf durchgespielt. Er spürte, dass es keinen Sinn mehr hatte und der nächste Tag würde frische Energie bringen. Bevor er heimfahren würde, wollte er noch einmal bei Familie Dollinger nach dem Rechten schauen.

Das Kiesbett vor dem Haus verriet seine Ankunft. An der Haustür erschien Birgit Dollinger. Als Joshua sich ihr näherte, bemerkte er ihr sorgenvolles Gesicht.

‚Kaffeekränzchen ausgefallen, Mutti?'

„Guten Abend, gnädige Frau."

„Gut, dass Sie kommen. Mein Mann und ich wollten Ihnen noch etwas mitteilen."

„Ist etwas passiert?"

„Nicht direkt. Kommen Sie doch bitte mit durch."

Ralf Dollinger sprang von seinem sündhaft teuren Ledersessel auf, als Joshua das riesige Wohnzimmer betrat. Es war nicht ganz so düster ausgestattet, wie alles andere, was Joshua bisher zu sehen bekommen hatte. Dennoch war es weit von dem entfernt, was er als gemütlich bezeichnen würde.

„Kann ich Ihnen etwas anbieten?“

„Ein Wasser vielleicht?“

Birgit Dollinger ging hinter die Bar mit dem riesigen Tresen, öffnete einen ebenso riesigen Kühlschrank und nahm eine Flasche sündhaft teuren Wassers heraus.

‚Das ist doch garantiert seit Jahren abgelaufen‘, dachte Joshua und schaute unauffällig nach, nachdem Birgit Dollinger die Flasche geöffnet und mit einem Glas vor Joshua abgestellt hatte.

Das Wasser war noch sechs Monate haltbar.

Birgit Dollinger setzte sich mit etwas Abstand neben ihren Mann, der sich auf die Couch umgesetzt hatte.

Erwartungsvoll schaute sie zu Ihrem Mann. Der räusperte sich.

„Ich, wir, meine Frau und ich sind sehr dankbar für alles, was Sie und Ihr Team für unseren Jungen und damit auch für uns tun.“

Birgit schluchzte.

‚Hää? Was ist nun denn los‘, dachte Joshua, ließ sich jedoch nichts anmerken.

„Uns ist klar, dass sie einen katastrophalen Eindruck von uns bekommen haben müssen. Von meiner Frau ebenso, wie von mir. Ich will versuchen zu erklären, wieso wir, aus der Sicht Außenstehender, so seltsam, ja scheinbar gleichgültig reagiert haben.“

Birgit Dollinger hing ihrem Mann an den Lippen.

„Sehen Sie, der Junge war früh selbstständig und hat früh damit begonnen, sein eigenes Ding durchzuziehen. Uns blieb gar nichts anderes übrig, als den Jungen gewähren zu lassen. Verbote wären nicht hilfreich, haben wir uns stets eingeredet. Aber wenn ich es recht überlege, würde ich heute anders handeln? Ich glaube nicht. Wir haben uns anfangs keine Gedanken gemacht, weil, dass er wirklich in die Fänge eines Wahnsinnigen geraten sein könnte, war für uns Lichtjahre entfernt. Nicht unser Elias, der immer seinen eigenen Kopf durchgesetzt hat, der sich von niemandem je etwas hatte gefallen lassen. Ja, undenkbar."

Birgit schien abwesend.

„Wir hätten ihm gegenüber mehr Interesse zeigen müssen und vielleicht nicht jeden Spleen finanzieren sollen. Oder wenigstens kritisch hinterfragen. Wir sind schuld, dass er so geworden ist."

Birgit Dollinger schüttelte den Kopf.

„Was soll denn das heißen? Er ist doch nicht missraten! Er verschwand bei dem Versuch, seinen entführten Kameraden zu finden. Das ist doch im Grunde eine ehrenhafte Sache."

„Sehr ehrenhaft. Sieh dir nur an, was mit dem Stefan passiert ist", wandte Ralf ein.

„Das ist schlimm, aber nach allem, was ich gehört habe, ist er ein ganz anderer Typ. Ein… nicht so starker Charakter."

„Sören hieß er", korrigierte Joshua die Hausherrin.

„Ja, Verzeihung."

Der Gedanke an Sören Ahlberg ließ Birgit Dollinger die Tränen in die Augen schießen.

Ralf Dollinger rückte näher an sie heran und legte seine Hand auf ihren Oberschenkel.

„Wie auch immer, Herr Laurenz. Denken Sie nicht, dass uns

unser Sohn egal ist. Uns war es wichtig, dass wir uns noch einmal ausdrücklich bedanken, für alles, was Sie und Ihr Team für unseren Jungen und damit auch für uns tun."

Joshua nahm einen Schluck Wasser und stand auf.

„Das ist unsere Pflicht und seien Sie gewiss, dass wir nichts unversucht lassen. Was das Andere betrifft. Was ich denke oder nicht denke, spielt keine Rolle, es geht mich auch nichts an. Aber vielleicht erkennen Sie ja in dem Ganzen eine Chance, eine Chance für Änderungen. Klar, der Bub ist schon 18, aber für manche Dinge ist es nie zu spät."

Ralf Dollinger stand auf und schüttelte Joshua so fest die Hand, dass es fast schmerzte. Auch ihm glänzten jetzt die Augen. Birgit Dollinger begleitete Joshua zur Haustür. Zum Abschied nahm Birgit Joshua in die Arme. Es war ihm unangenehm, aber es fühlte sich für ihn nicht falsch an.

44

Gegen vier Uhr wurde er wieder wach. Sein Rücken schmerzte von der unbequemen und immer gleichen Sitzposition in den Sportsitzen seines BMW. Der Stoff seines T-Shirts war am Rücken feucht. Draußen kündigten die ersten Sonnenstrahlen den neuen Tag an.

Sein Magen knurrte. Er nahm sich einen Snickers aus dem Handschuhfach. Er war von der Hitze der Nacht verformt worden.

‚Wie lange willst du hier noch hocken? Es ist Samstag. Vielleicht bewegt der Arsch sich erst am Montag wieder aus dem Haus.'

Es dauerte nur Minuten, bis der alte Honda Accord sich in Bewegung setzte. Jan hatte nicht bemerkt, als der Kerl aus dem Haus bekommen war. Jan rutschte so tief hinunter, wie er nur konnte. Der Accord fuhr an Jan vorbei in Richtung der neuen B17. Hier würde es Jan leicht fallen, dem Kerl zu folgen. Die Freude über die Erkenntnis währte nicht lange, denn schon bald bog der Mann von der vierspurigen Bundesstraße ab und fuhr weiter in Richtung Westen. Auf dieser kurvenreichen Strecke war es schwierig, jemanden zu überholen. Jan ließ sich zurückfallen und ein entnervter Seat überholte ihn waghalsig.

„Dankeschöööön, du Arsch."

Mit einem Puffer zwischen sich und dem Verfolgten fühlte sich Jan wohler. Den Honda zu überholen, traute der Seat sich auf diesem kurvenreichen Abschnitt nicht.

Einige Kilometer weiter bog der Honda links ab auf einen Feldweg. An dessen Ende lag ein Wald. Der Weg bis zum Waldrand war mehrere hundert Meter lang. Jan konnte nicht riskieren, dem Honda direkt zu folgen. Er wendete, sobald dies für den Hondafahrer unsichtbar möglich war und fuhr zurück. Der Honda war nicht mehr sichtbar.

Er entschied sich, den Wagen stehenzulassen, nahm sich das Basecap vom Rücksitz und joggte den Feldweg bis zum Wald. Die Dämmerung war zu weit fortgeschritten, um ihm noch Deckung zu bieten.

Am Waldrand angekommen, zückte er sein Smartphone. Es hatte keinen Empfang.

In der Hoffnung, dass die Nachrichten zeitverzögert doch zugestellt werden würden, schickte er via WhatsApp seinen Live-Standort und eine Textnachricht:

‚Ich glaube, ich habe die Jungs und seinen Entführer. Ich kann nicht mehr warten, kennst mich ja.'

An das Ende der Nachricht setzte er ein Zwinker-Emoji.

Jan nutzte die Deckung dicker Bäume, um sich nach und nach vorzuarbeiten. Er lauschte in den Wald hinein. Alles, was er hörte, war die immer dichter werdende Kakofonie der Singvögel. In ein paar Wochen würden sie verstummt sein. Noch begrüßten sie den Tag mit ihrem Gesang. Ganz in der Nähe verkündete ein Star, dass die Sonne aufgegangen war. Der Weg, der in den Wald hinein führte, bog nach rechts ab und wurde schmäler. Geradeaus führte nur noch eine Art Trampelpfad. Der wirkte nicht so, als würde er regelmäßig genutzt werden. Nach links war der Wald durchsetzt von dichtem Unterholz.

Jan überlegte. Der Feldweg würde bald an den Waldrand führen. Dort wäre für den Mann die Gefahr der Entdeckung zu groß, glaubte er. Jan ging am Rand des Trampelpfades immer tiefer in den Wald hinein. Hören würde er den Kerl jetzt nicht mehr können. Zu groß müsste der Vorsprung mittlerweile sein, zu laut der Gesang der Vögel. Jan stolperte im Halbdunkel über eine Wurzel, konnte zwar einen Sturz vermeiden, aber hatte mehr Lärm verursacht, als ihm lieb war.

„Fuck!“, murmelte er. Während er sich sammelte, fiel sein Blick auf den Wegesrand. Dort standen kleine Büsche. Brombeeren und andere, die er nicht identifizieren konnte. Einzelne Äste standen in einem unnatürlichen Winkel.

‚Hast du dich mit deinem fetten Arsch da durchgequetscht, du mieses Stück Scheiße?‘

Jan versuchte, sich ein Bild zu machen. Das Licht war noch zu schwach, so kurz nach Sonnenaufgang, aber es schien, als verbarg sich hinter den Büschen eine Art Trampelpfad. Kaum breiter als ein Blatt Papier.

In der Deckung einer alten Eiche, schaute er um sich, er müsste damit rechnen, entdeckt worden zu sein und jeden Moment eins über den Schädel zu bekommen. Das Adrenalin in seinen Adern erschwerte ihm die Umsicht. Er wollte die Jungs finden und das Arschloch festnehmen.

Er ging den schmalen Trampelweg entlang und sobald sich eine Möglichkeit bot, suchte er Deckung hinter einem Baum, um die Lage zu sondieren. Er überlegte, dass doch der Wald hier bald schon zu Ende sein müsste, aber noch war die Obstwiese, die zu dem Waldgrundstück gehörte, hunderte Meter entfernt.

Er glaubte, etwas gehört zu haben. Es kam von links hinten. Das Geräusch konnte nicht von einem Tier stammen. Da müsste er sein. Da müssten sie sein. Sein Plus beschleunigte sich. Er vergaß fast zu atmen.

‚Jetzt nur keinen Fehler machen, Jan.‘

Irgendwo vorher musste der Kerl abgezweigt sein. Jan kämpfte sich mühselig durch dichtes Gestrüpp, aber bald schon kam er seinem Ziel näher.

Eine halb verfallene Bretterbude, die notdürftig repariert worden war. Notdürftig und laienhaft. Neue Bretter waren unfachmännisch auf das alte morsche Holz geschraubt worden.

Das Haus war eingezäunt mit einfachem ummantelten Draht. Im unteren Bereich befand sich NATO-Draht, der sich etwa 70 cm vom Boden erhob. Der Zugang erfolgte durch ein klappriges mannshohes Gartentor. Jan schmunzelte. Diese Sicherheitsmaßnahmen würden niemanden ernsthaft aufhalten können. ‚Typisch Lehrer' dachte er und musste zusehen, dass vor lauter Euphorie nicht laut zu lachen begann, weil der Entführer sogar vergessen hatte, das Gartentor hinter sich zu schließen.

Er stellte sich vor die Eingangstür der Hütte und lauschte. Er hörte eine energische junge Stimme und eine leise ältere.

Das muss der Elias sein, von dem er schon so viel gehört hatte. Dass er keine dritte Stimme hören konnte, spornte ihn an, nun keine Zeit mehr zu verlieren. Lautlos löste er die Lasche des Holsters und zog seine Dienstwaffe. Er hielt die Waffe mit beiden Händen fest und atmete durch. Im nächsten Augenblick trat er gegen das Schlüsselloch der Eingangstür.

Die Tür flog auf und traf den Mann am Kopf. Mit einem Schmerzensschrei brach der zusammen.

„Die Schlüssel! Die Schlüssel für die Fesseln müssten in der linken Hosentasche sein", rief Elias. Der Entführer hatte die kleine Funzel an der Decke eingeschaltet, sodass Jan ihn schemenhaft am Boden liegen sehen konnte.

Neben ihm lag eine Stofftasche, aus der einige Dosen herausgefallen waren. Und das Berodual-Asthmaspray.

Birger lag bewegungslos auf der Pritsche.

„Entzückend!“, entfuhr es Jan. Er fischte den riesigen Schlüsselbund aus der Tasche des auf dem Boden Liegenden. Der hielt sich den Kopf und winselte wie ein Mädchen.

Jan ging auf Elias zu und versuchte herauszufinden, welcher der vielen Schlüssel zu den Fußfesseln passen könnte. Elias hielt den Fuß so, dass es Jan möglichst leicht haben würde, das Schloss zu öffnen. Das Adrenalin in seinem Körper ließ Jans Hände heftig zittern. Der Schlüsselbund fiel zu Boden. Als er ihn aufhob, schrie Elias: „VORSICHT!“

Der Mann hatte sich aufgerafft und Jan ein Taschenmesser in den Rücken gestochen. Jan hatte nur eine Art Schlag in der Nierengegend wahrgenommen. Seine Dienstwaffe flog quer durch den Raum. Der Mann stand mühsam auf, um sich die Waffe zu holen. Jan riss ihm die Beine nach hinten, woraufhin er mit einem klatschenden Geräusch auf die lehmige Erde stürzte. Jan versuchte aufzustehen und mit etwas Mühe gelang es ihm auch.

„Hände hoch, du lausiger Bulle.“

Der Mann hatte die Waffe zu fassen bekommen und richtete sie, auf dem Boden sitzend, auf Jan.

„Ganz ruhig. Ich lasse Sie…“

Elias konzentrierte die ganze Wut, die sich in den letzten Tagen aufgestaut hatte, in den Schlag mit der Schaufel auf den Kopf seines Peinigers. Der taumelte zurück, die Waffe fiel abermals auf den Boden. Elias schnappte sie sich und steckte sie sich in den Hosenbund. Jan verließen die Kräfte. Es zog die Handschellen hervor und hielt sie Elias vor die Nase.

„Weißt du, wie man damit umgeht?“

„Oh ja, das weiß ich. He he. Hoffentlich sind die groß genug für diese fetten ekligen Armgelenke.“

Elias bereitete es keine große Mühe, dem wimmernden Verbrecher die Handfesseln anzulegen. Als es erledigt war, kümmerte er sich um Birger. Er war von dem Radau der letzten Minuten wieder zu Bewusstsein gekommen. Flugs entfernte Elias die Fußfessel, half ihm auf und führte ihn aus der Hütte.

Jan nahm sein Smartphone aus der Tasche und wählte Joshuas Nummer.

„Ich hab ihn. Wo bleibst du denn?“, fragte er, dann verlor er das Bewusstsein.

45

Joshua raste mit über 100 Kilometer pro Stunde über den Feldweg, der von der Landstraße zum Wald führte. Er sah am Waldrand den Honda Accord des Ronald Schult stehen. Am Waldrand bremste er ab. Hinter ihm war der Wagen des Notarztes und die beiden Einsatzfahrzeuge der Polizei etwas zurückgefallen, aber sie hatten Joshuas Audi noch im Blick. Der alte Wagen ächzte und die Federung knallte und klopfte über den holperigen Feldweg. Joshua war es egal.

Er hatte als Ziel die Position eingegeben, die Jans Handy immer noch als Live-Standort meldete.

Ausläufer von Büschen schlugen gegen die Front seines Wagens und kratzten über die Kotflügel, die Seiten. Schließlich war der Weg zu eng geworden und er musste stehenbleiben. Aber das Ziel war ohnehin nicht mehr weit entfernt. Es lag zu seiner Rechten. Er schnappte sich sein Smartphone aus der Halterung und stieg aus. Die Martinshörner im Hintergrund wurden immer lauter, aber Joshua sah die Einsatzfahrzeuge noch nicht.

Dann hörte er ein Knistern und Knacken im Unterholz. Er nahm seine Waffe und ging in den Anschlag. Plötzlich tauchte Elias auf. Er erkannte ihn sofort.

„Wo bleiben Sie denn? Es gibt einen Schwerverletzten!“

„Der Entführer?“, fragte Joshua.

„Nee, der Typ, der uns befreit hat. Beeilen Sie sich, um Gottes Willen.

Joshua überlegte, ob er den Verbandskasten aus dem Wagen mitnehmen sollte, aber dann kam auch schon der VW Passat des Notarztes in Sichtweite.

„Wo muss ich hin."

„Einfach die Richtung. Ist nicht weit. Eine vergammelte, versiffte Bretterbude."

„Okay, zeig' du dem Arzt gleich den Weg."

Elias antworte nicht und ging dem Wagen des Arztes ein paar Schritte entgegen und winkte ihm zu.

Joshua rannte wie ein Wahnsinniger in den Wald hinein. Kräftige Äste schlugen gegen seinen Körper und in sein Gesicht. Er nahm es nicht wahr. Seine Nerven lagen blank.

„Wo ist denn diese verfickte Bude?", schrie er und dann kam diese auch schon in Sichtweite.

Birger kniete kreidebleich neben dem im Eingang liegenden Jan und redete ihm gut zu. Dabei musste auch er sämtliche Kraft zusammennehmen. Der immer größer werdende Sauerstoffmangel der letzten Tage hatten ihm schwer zugesetzt. Seine Lippen waren blau.

Joshua erkannte die Situation mit einem Blick: Sein Partner war schwer verletzt, aber bei schwachem Bewusstsein.

„Hat er eine Kugel abbekommen?", fragte er Birger.

„Nein, es war ein Messerstich oder zwei", antworte Birger mit rauer Stimme und wies auf den großen Blutfleck am Boden, an der Hüfte seines Partners.

Joshua strich Jan über die Wange.

„Alles wird gut, Partner. Der Arzt muss jede Sekunde da sein."

Jan sprach sehr leise. Joshua lehnte sich weiter hinunter, um ihn verstehen zu können.

„Tut mir leid, ich hätte dich einweihen müssen, Bro."

„Lass doch den Quatsch jetzt. Du hast den Kerl erwischt. Das hätten wir nicht besser machen können", log er und warf einen kurzen Blick auf Ronald Schult, der wie ein Häufchen Elend auf der Erde hockte und ausdruckslos dem Geschehen folgte.

„Bist du jetzt sauer?", fragte Jan, was Joshua kaum verstehen konnte.

„Jetzt hör' auf zu spinnen. Schone deine Kräfte. Alles ist gut."

„Schön. Du bist ein echter Freund."

Joshua sprang auf, als der Notarzt erschien. Mit ihm ein etwas kräftiger Rettungsassistent, der schnaufend den großen Rucksack mit der Notfallausrüstung trug.

Kurze Zeit darauf kam ein weiterer Notarzt samt Assistent mit zwei uniformierten Beamten im Schlepptau an.

Der Notarzt untersuchte Birger kurz und legte ihn auf die Pritsche. Er zog sein Shirt hoch und hörte ihn ab.

„Du lieber Himmel, das klingt ja wie eine alte Dampfmaschine."

Er entschied sich, Birger einen Epi-Pen zu verabreichen, weil Adrenalin über die Atemwege in seiner derzeitigen Situation nicht ausreichend durchdringen würde. Der Pen zeigte auch sofort Wirkung.

„Ausnahmsweise gibt es eine Portion Adrenalin extra", witzelte der erfahrene Mediziner mit dem grauen Haarkranz.

Birger fasste sich an die Brust und atmete tief durch. Zum ersten Mal seit Tagen.

„Nicht übel, was? Jetzt bleiben Sie noch ein paar Minuten

liegen und dann nehmen wir sie mit."

„Was ist mit Elias?"

„Ist das der Herr mit dem lockigen Haar? Der wartet schon im Sanka sehnsüchtig auf sie. Ja doch. dem geht es gut. Wir müssen nur die Wunde am Kopf ordentlich vernähen. Das wird schon wieder."

Der Notarzt, der sich um Jan kümmerte, hatte mit seinem Assistenten die Trage aufgebaut und bereitete den Abtransport vor.

Joshua rief die Beamten zu sich, die vor dem Haus gewartet hatten, um die Rettungsmaßnahmen für Jan nicht zu behindern.

„Nehmen Sie den Kerl mit. Ins Präsidium. Aber in die Zelle. Wir kümmern uns dann später um den..."

Als Joshua vor die Hütte ging, stand dort bereits Manfred, der etwas abseits eine Zigarette rauchte. Seine Augen folgten den beiden Beamten, die Ronald Schult abführten.

„Man sagt ja, dass man den Mördern ihre Taten nicht ansieht. Aber irgendwie habe ich mir unseren Kandidaten genauso vorgestellt."

Joshua antwortete nicht sofort.

„Pädo-Typ halt. Wenn der auch noch den Jan auf dem Gewissen hat, kann er sein Testament machen."

Das Adrenalin in seinen Adern ließ Joshua beben, seine Stimme überschlug sich. Manfred hingegen war wie immer.

„Ach wo, der Jan ist ein harter Knochen. Bisschen verrückt, aber hart. Der packt das schon und der da..."

Manfred deutete mit dem Kopf in die Richtung, in die Schult eben abgeführt wurde,

„…der da kommt wahrscheinlich nie wieder auf freien Fuß.“

„Hoffentlich.“

„Es wird auch unsere Aufgabe sein, daran mitzuwirken.“

Aus dem Eingangsbereich des Häuschens ertönte das Klingeln eines Smartphones. Joshua erkannte den Klingelton von Jans Handy sofort.

„Ja bitte…nein, der kann gerade nicht reden, ich bin Joshua sein Kollege, worum geht es denn?“

Manfred war ihm gefolgt und sah, wie Joshua die Gesichtszüge entglitten.

„Sind Sie so nett und kommen ins Präsidium nach Augsburg. Wir brauchen Ihre Aussage und am besten bringen Sie Ihre Chefin gleich mit.“

Erwartungsvoll schaute Manfred Joshua an, nachdem der das Gespräch beendet hatte. Offenbar musste er die Information zunächst verdauen.

„Das ist einfach unfassbar…“, sagte er. Seine Stimme drückte Fassungslosigkeit aus.

Als die Spurensicherung erschien, räumten sie das Feld. Joshua kündigte an, zunächst ins Krankenhaus zu fahren, um sich über Jans Gesundheitszustand zu informieren.

46

Manfred schickte Timm aus dem Büro, als Staatsanwalt Andreas Miller hereinkam.

Der Jurist war Ende 30, wirkte aber wesentlich jünger. Er war ein Womanizer, stets makellos, mit perfektem Seitenscheitel und perfekt getrimmtem Dreitagebart. Der Anzug saß so perfekt, dass die Kollegen spekuliert hatten, dass es sich diesen hatte auf dem Leib schneidern lassen.

Als Miller vor einigen Jahren den Dienst in Augsburg angetreten hatte, mochte Manfred den geschniegelten neuen Staatsanwalt überhaupt nicht. Er hielt ihn für einen Snob und Angeber. Aber der Eindruck hatte sich nicht bestätigt, die beiden hatten sich aufeinander eingeschliffen und kamen mittlerweile gut miteinander aus.

Die erste Vernehmung des Ronald Schult hatten beide gemeinsam durchgeführt. Gegen den Rat des Pflichtverteidigers beantwortete Schult alle Fragen detailliert. Sein Anwalt schlug die Hände vor dem Gesicht zusammen, konnte den Redeschwall aber letztlich nicht stoppen. Der Haftbefehl lag bereits vor, ein Arzt hatte die Hafttauglichkeit bescheinigt und nun sprach der Festgenommene mit Joshua Laurenz.

„Muss der Kappo dabei sein, Herr Staatsanwalt? Bei der Pressekonferenz meine ich?“

„Um den kümmere ich mich als Nächstes. Haben Sie zwischenzeitlich etwas aus dem Krankenhaus gehört? Irgendwas Neues?“

„Nun, die beiden Entführten, Herr Heiß und Herr Dollinger sind auf einem guten Weg. Bei Kollege Sichler steht es immer noch auf der Kippe."

Manfred schluckte hörbar.

Der Staatsanwalt nickte. Sein Gesicht drückte aufrichtige Betroffenheit aus. Miller stand auf, blieb noch einen Moment stehen, als wollte er noch etwas sagen, ging dann aber doch ohne ein weiteres Wort zum Büro von Kriminalrat Ederer. Der reagierte nicht auf Millers Klopfen. Miller wartete nicht lange und ging hinein.

Ederer telefonierte, es war offenbar ein Privatgespräch. Er hatte die Füße auf den Schreibtisch gelegt. Er nahm sie gemächlich herunter, als der Staatsanwalt eingetreten war, machte jedoch keine Anstalten, das Telefonat zu beenden.

Miller nahm Ederer den Hörer aus der Hand und legte auf.

Ederer setzte sich auf und räusperte sich.

„Na? Was sagen Sie? Eine Festnahme nach drei Tagen. Das soll uns mal einer nachmachen."

„Oh ja, das ist ein grandioser Erfolg."

Miller bremste den Kriminalrat barsch, als der anfing, auf die ihm übliche Weise zu schwafeln.

„Ja, ich will auch gar nicht lange stören. Ich wollte mir nur die Adresse abholen, die Doktor Hohenscheid Ihnen gestern durchgegeben hat."

Ederer lachte albern, als hätte der Staatsanwalt einen Scherz gemacht. Sein Lachen gefror, als er den ernsten Ausdruck des Staatsanwalts registrierte.

„Doktor Hohen... da müssen Sie mir gerade helfen. Ich kenne keinen Herrn..."

„Es ist ja auch eine Frau."

Ederer zuckte mit den Schultern.

„Lassen Sie doch das Ratespiel, Herr Staatsanwalt, und sagen endlich, was Sie von mir wollen."

„Es ist eine Apothekerin. Die hat Sie gestern angerufen und eine Adresse durchgegeben. Die hätte ich gern."

„Ach die. Ja, das war ja nichts. Eine Wichtigtuerin. Sowas schreibe ich doch nicht auf."

Miller zählte in Gedanken bis drei, um die Fassung zu behalten.

„Die ‚Wichtigtuerin' hat Ihnen die Adresse des Menschen durchgegeben, der mindestens einen Menschen tötete und zwei junge Männer gefangen hielt."

Millers Stimme bebte.

Ederer wurde blass und rutschte nervös auf dem Stuhl hin und her.

„Wie jetzt?"

Miller atmete durch.

„Hätte die Helferin der Apothekerin nicht nachgehakt, weil Sie am Telefon so auffallend inkompetent reagierten, würden wir den Kerl wohl nie gefunden haben und die beiden Entführten wären tot."

„Ich kapiere nur Bahnhof, aber das ist wohl etwas übertrieben."

„Machen wir es kurz. Ich hatte noch eine vage Hoffnung, als ich dieses Büro betrat, aber es ist ja noch alles viel schlimmer. Man muss verhindern, dass Sie weiteren Schaden anrichten. Ich werde ein Disziplinarverfahren…"

„Das können Sie gar nicht, das kann nur…“

„Unterbrechen Sie mich nicht.“

Miller fixierte den Kriminalrat so, wie er es bei Gericht mit einem Mordverdächtigen tun würde. Dann fuhr er fort.

„Ich untersage Ihnen, sich in irgendeiner Form in diesen Fall oder andere, die hier gerade bearbeitet werden, einzumischen. Wenn Sie auf die Idee kommen, zur Pressekonferenz zu erscheinen, lasse ich Sie verhaften. Haben Sie das kapiert?“

Ederer sah den Staatsanwalt ausdruckslos an.

„Ich denke, das war's.“

Als Miller das Büro von Kriminalrat Ederer verließ, sah er Timm Herzog noch flüchten. Er hatte im Auftrag von Manfred Krüger neben der offenstehenden Tür gelauscht.

Miller schmunzelte.

47

Für diese Pressekonferenz war der große Konferenzsaal hergerichtet worden. Dennoch fanden nicht alle Medienvertreter Platz. Ein Nachrichtensender übertrug die Pressekonferenz als Livestream im Internet.

Der Pressesprecher hatte sogar noch in aller Eile Namensschilder drucken lassen. Links saß der Staatsanwalt, neben ihm Sebastian Bär und Manfred Krüger. Joshua Laurenz saß ganz rechts. Weiter rechts, an der Fensterfront, stand das Pult des Pressesprechers, der wie gewohnt im Stehen moderierte.

Auf die Wand, hinter der Beamten, hatte man ein Foto des festgenommenen Ronald Schult projiziert. Darunter war der anonymisierte Name zu lesen. ‚Ronald S.'

Es war das Foto, welches wenige Stunden zuvor vom Erkennungsdienst angefertigt worden war.

Den vollen Namen hatten die meisten der anwesenden Journalisten längst herausgefunden.

Das Bild zeigte einen Mann Mitte 30. Ein Mann ohne jede Körperspannung in einem viel zu großen, grobmaschigen Strickpullover und ebenso zu großer beigefarbener Cargohose.

Der Kopf eiförmig, Ziegen-Bart und eine schief sitzende Brille, die man eher einer älteren Dame zuschreiben würde. Der Blick leer, die Haare ungepflegt, mit allenfalls zu erahnendem Mittelscheitel.

Staatsanwalt Miller hatte die Eingangsrede des Pressesprechers abgewürgt und die Anwesenden über die wichtigsten Fakten ins Bild gesetzt.

Nachdem der Pressesprecher die Fragerunde eröffnet hatte, folgten zunächst nur Fragen, die darauf abzielten, nähere Informationen zu dem Festgenommenen zu erhalten.

Ronald Schult arbeitete stundenweise für einen Sicherheitsdienst. Er lebte im Obergeschoss seines Elternhauses, die dominante Mutter, die er losgeschickt hatte, das Asthmaspray zu besorgen, vorgeblich für sich selbst, lebte im Parterre. Er hatte nie eine Partnerin oder einen Partner gehabt. Die meiste Zeit verbrachte er in seiner Wohnung am Computer.

„Was ich nicht ganz verstanden habe, wieso ist er das erhebliche Risiko eingegangen, den Birger Heiß hinter dem Supermarkt zu kidnappen? Er hätte doch ahnen können, dass er, Birger, dort mit jemand ganz anderem verabredet war“, wollte ein Mann wissen, der neben der Kamera eines Privatsenders stand.

Staatsanwalt Miller bat Joshua, die Frage zu beantworten.

„Das ist eine Frage, die auch ich ihm gestellt habe. Er hat es mir so erklärt, dass es ihm in der Situation egal war. Die Vorstellung, dass er wieder allein in seine triste Wohnung, das waren genau seine Worte, triste Wohnung, zurück musste und der junge Mann, in dessen Rolle er sich selbst so gern gesehen hätte, sich an einem wunderschönen Sommerabend mit einem anderen Mann vergnügte, war ihm so unerträglich, dass er das Risiko einging. Aber tatsächlich, er muss den Mann, mit dem Birger eigentlich verabredet war, nur um Minuten, eher Sekunden, verpasst haben.“

„Wie kam er denn auf diesen Birger? Kann man sagen, dass er auf ihn fixiert war, versessen… mir fehlt da gerade der richtige Ausdruck“, hakte der Journalist nach.

„Ja, das ist nicht ganz falsch. Er sah den jungen Mann sehr oft. Er wohnte ja nicht weit entfernt. Mir sagte der Herr S., dass er ihn als perfekten Mann betrachtete. So, wie er selbst immer sein wollte. Bei jedermann beliebt, gutaussehend und gewiss würde er auch eine tolle Karriere vor sich haben. Herr S. hatte ihn schon früher verfolgt. Mir sagte er, dass es für ihn immer unerträglicher wurde, den jungen Mann zu sehen. Man muss auch dazu sagen, dass er sich in seiner Fantasie ausmalte, dass Birger Heiß jede Menge Sex mit Frauen und Männern haben würde, was meinen Informationen zufolge, gar nicht der Wirklichkeit entspricht. Für ihn stand es jedoch fest und die Vorstellung quälte ihn."

Eine Frau wedelte mit dem Arm. Der Pressesprecher erteilte ihr das Wort.

„Ich verstehe, was Sie sagen. Aber ich verstehe nicht die Motivation dafür, dass er ihn entführt hat. So, wie ich es verstanden habe, gab es keine sexuelle Motivation. Die beiden Entführten wurden nicht missbraucht."

Manfred schüttelte den Kopf, überließ aber Joshua das Wort.

„Nun, Misshandlungen sind relativ. Die beiden jungen Männer wurden, schlimmer als Tiere, angekettet in einer scheußlichen Bretterbude gefangen gehalten."

Bei ‚Bretterbude' ging ein Schmunzeln durch die Reihen.

„Er hatte sein Ziel erreicht, als sichergestellt war, dass Birger Heiß sein ‚Traumleben', auch dieses Wort benutzte er, also als sichergestellt war, dass er jetzt genauso jämmerlich vor sich hin vegetierte, wie er selbst. Das war sein primäres Ziel."

„Gab es vielleicht auch deshalb keinen sexuellen Missbrauch, weil er keinen mehr hoch bekommt?", fragte jemand aus dem Publikum, ohne dass ihm das Wort erteilt worden wäre. Vereinzeltes Gelächter.

„Er selber bezeichnet sich als impotent. Er hatte in dem Zusammenhang dieses Verbrechens nach seinen Angaben lediglich einen… Höhepunkt, nämlich als er den Birger Heiß überwältigte."

„Weitere Fragen?" Der Pressesprecher reckte seinen Hals, um in die hinteren Reihen blicken zu können.

„Deiters, Südkurier. Können Sie etwas dazu sagen, was mit den Entführten passiert wäre, wenn man ihm nicht so schnell auf die Schliche gekommen wäre?"

„Er hat sich bei der Frage sehr vage ausgedrückt, aber es läuft darauf hin, dass er auch ihnen die Kehle durchgeschnitten hätte. Diese Mordmethode fasziniert ihn. Wir haben Videomaterial gefunden, welches entsprechende Szenen zeigt."

Einen Moment lang Todesstille. Nur noch das Klappern von Laptoptastaturen war zu hören.

Dann schnellten die Arme wieder nach oben.

„Wieso hat er den Dollinger-Sohn nicht sofort… beseitigt, wenn er es doch auf den Birger Heiß abgesehen hatte?"

„Er nannte es einen Zufallstreffer. Er sagte mir, dass es zu schade gewesen wäre, den hübschen Mann sofort zu beseitigen. Im Zuge dessen äußerte er sich abfällig über das erste Opfer. Das war unerträglich und ich werde nicht näher darauf eingehen."

Der Mann, der die Frage gestellt hatte, machte eine Geste, die ausdrückte, dass er gerne erfahren hätte, was Ronald Schult über Sören Ahlberg gesagt hat.

Der Staatsanwalt gab dem Pressesprecher ein Zeichen, dass er die Konferenz bald beenden solle.

Der erteilte das Wort einem älteren Mann in der ersten Reihe, der sich die ganze Zeit Notizen auf einem Schreibblock gemacht hatte.

„Ich möchte noch einmal auf Sören Ahlberg zurückkommen. Habe ich das richtig verstanden, dass der sterben musste, weil er zufällig auf der Landstraße mit dem Rad unterwegs war und den Entführer dabei hätte sehen können, als er mit dem Wagen in seinen Wald, den Wald seiner Familie, fuhr. Oder gab es einen Kontakt?“

Manfred beantwortete die Frage.

„Es gab keinen Kontakt. Er sagte, auch wieder mit unerträglicher Formulierung, dass er das erste Opfer ‚prophylaktisch entsorgt‘ habe. Aber es war kein Fahrrad, er war mit dem Mofa unterwegs. Das haben wir bisher noch nicht gefunden. Seltsamerweise will er auch nicht verraten, wo es abgeblieben ist.“

Der ältere Herr gab sich noch nicht mit Manfreds Antworten zufrieden.

„Ist das nicht seltsam, dass ausgerechnet ein Schulfreund Birgers dem Entführer, seinem späteren Mörder, zufällig über den Weg läuft oder fährt? Könnte es nicht sein, dass Sören nicht zufällig mit seinem Mofa genau dort unterwegs war?“

„Sie meinen, er hat die Entführung beobachtet und mit dem Mofa die Verfolgung aufgenommen?“

Vereinzeltes Kichern im Saal. Bevor der ältere Herr mit dem Schreibblock hätte intervenieren können, fuhr Manfred fort.

„Natürlich haben Sie recht. Es ist schon ein unglücklicher Zufall. Aber glauben Sie mir, das Leben hält für einen Mordermittler noch viel verrücktere Zufälle parat. Aber davon erzähle ich ihnen gerne einmal beim Bier. Also nein. Die Erklärung des Festgenommenen über den Kontakt mit Sören Ahlberg und auch der genannte Ort der Begegnung ist plausibel. Wir gehen nicht davon aus, dass Sören Ahlberg hier als eine Art Privatdetektiv aufgetreten ist.“

Weitere Nachfragen lehnte der Pressesprecher ab.

Abschließend erklärte der Staatsanwalt, dass Ronald Schult gem. Paragraf 211 Strafgesetzbuch wegen Mordes angeklagt werden würde. Welche Anklage er wegen der Entführungen erwartete, könne man zu dem derzeitigen Zeitpunkt noch nicht sagen, erklärte er. Möglicherweise würde auch hier Mordversuch durch Unterlassung infrage kommen.

Außerdem würden in den nächsten Wochen abgeklärt werden, ob Schult auch noch für weitere, ungeklärte Kriminalfälle infrage käme.

Einige der Journalisten hatten es eilig, nach dem Ende der Pressekonferenz, andere unterhielten sich noch und wieder andere blieben noch, in der Hoffnung, etwas Inoffizielles abzugreifen.

Joshua hatte sofort nach dem Ende das Handy gezückt und schickte eine Nachricht an Jans Mutter.

Auf die Frage, wie es Jan ginge, antwortete sie:

‚Vorsichtiger Optimismus, hat der Arzt eben gesagt. Er schläft noch.'

Timm Herzog war noch geblieben und ging auf Joshua zu, als der von seinem Platz aufgestanden war.

„Herr Hauptkommissar, ich hätte da noch eine Frage, die mir auf den Nägeln brennt."

„Joshua! Was für eine Frage?"

„Ok, Joshua. Hat dieser Kerl gesagt, warum er den Sören so verstümmelt hat?"

Die Anwesenden hatten ihn nicht hören können, aber Joshua zog Timm dennoch etwas zurück an die Fensterfront.

„Ja, er hatte kurz vorher von dem Kriminalfall Tarek Hambach gehört, in einem Podcast. Da hatte er die Idee, das auch bei Sören zu… praktizieren, um uns auf eine falsche Fährte zu führen."

„Das wollte ich wissen. Hat er sonst noch was zu dem Thema gesagt."

„Hat er, aber das möchte ich nicht wiederholen. Danke, dass du uns geholfen hast. Würde mich freuen, wenn du auch bei den Nacharbeiten dabei bleibst. Der Kerl…"

Joshua zeigte auf die Leinwand, wo kurz zuvor noch das Bild Ronald Schults zu sehen war.

„…hat vielleicht noch mehr Dreck am Stecken. Und wenn das so ist, dann will ich das wissen."

„Wegen mir gern."

Joshua legte den Arm um Timm und führte ihn aus dem Konferenzraum.

48

Manfred Krüger kannte sich im Klinikum Augsburg Süd gut aus. Zielgerichtet marschierte er auf die Station, auf der Elias und Birger untergebracht waren. An der Schaltzentrale der Station, einer Art Glaskasten, von dem aus die Pflegekräfte arbeiteten, informierte er sich über die Zimmernummer. Sie war ihm genannt worden, aber er hatte sie vergessen. Timm Herzog wartete geduldig, während Manfred noch einen Plausch mit der Krankenschwester hielt. Timm nahm an, dass die beiden sich schon vorher kannten, aber später erfuhr er, dass Manfred sie nie zuvor gesehen hatte. Zwar nervte es ihm, dass Manfred sich hier und dort verquasselte, aber er hatte sich überlegt, dass auch das zu seiner Strategie gehörte und ein Baustein all der Erfolge war, die er über die Jahre erreicht hatte. Auch, wenn es hier kein direkter Erfolg war, so war ihm mit Henri Holm, dem Mann, der Fynn Harms betäubt hatte, ein dicker Fisch ins Netz gegangen. Bei der Hausdurchsuchung war umfangreiches Beweismaterial sichergestellt worden, welches die Beweisführung einfach machte. Staatsanwalt Miller meinte, dass Holm, der ins Untersuchungsgefängnis Gablingen gesteckt worden war, für sehr lange ins Gefängnis wandern würde. Er sprach sogar über eine anschließende Sicherungsverwahrung, aufgrund der vielen Vorstrafen Holms.

Endlich hatte Manfred den Plausch beendet und ging die paar Schritte bis zum Zimmer, welches die nette Krankenschwester ihm genannt hatte. Er klopfte zweimal und trat ein.

Der erste Blick fiel auf das große Panoramafenster, welches

einen traumhaften Blick auf den Augsburger Stadtwald freigab. Vater Dollinger hatte tief in die Tasche gegriffen, um den beiden die gemeinsame Unterbringung zu ermöglichen.

„Hier bin ich wohl falsch. Es hieß, einer der beiden ist eindeutig anhand seiner vielen Locken zu erkennen."

Elias, der einen Verband und ein Netz am Kopf trug, schaute verwundert, weil er den älteren Herrn mit dem verschmitzten Lächeln zunächst nicht zuordnen konnte.

Er lag in Straßenkleidung in Seitenlage auf dem Bett neben Birger, der noch den Trainingsanzug trug, den seine Mutter ihm ins Krankenhaus gebracht hatte. Elias' Sporttasche stand an der Stirnseite seines Betts.

„Jetzt weiß ich, Sie sind der Kommissar, von dem der Jan erzählt hat. Eine Legende, sagte er."

Manfred winkte ab.

„Das hier ist der Timm. Der hat auch mitgeholfen, euch zu finden."

Wortlos reichten die beiden Elias und Birger die Hand.

„Du kommst heute raus, Elias?", fragte Timm.

„Ja, ich warte nur noch auf den Arztbrief. Aber ich komme direkt zurück", sagte er und zwinkerte Birger zu.

Dem waren die Strapazen der letzten Tage noch anzusehen. Aber er war schon nicht mehr so blass wie bei seiner Einlieferung. Auf den Sauerstoff, der über Schläuche in seine Nasenlöcher geleitet wurde, sollte er noch nicht verzichten, hatten die Ärzte gesagt.

„Das freut mich ungemein, euch beide kennenzulernen."

Timm nickte verlegen.

Birgers Stimme klang noch etwas schwach und heiser. Der Tubus, den man ihm beim Rettungseinsatz eingeführt hatte, konnte zwar bald entfernt werden, doch hatte er Birgers Stimmlippen leicht beschädigt. Es würde eine Weile dauern, bis diese sich komplett erholt haben würden.

„Ich, wir, möchten uns bei euch herzlich bedanken für alles. Alles, was Sie für uns getan haben. Ich hätte niemals gedacht, dass ihr uns so schnell findet. Eigentlich habe ich gedacht, dass ihr uns nie…"

Birger schluckte, Manfred überspielte die Situation rasch.

„Der Dank gehört an erster Stelle dem Jan. Und dem Timm, der die richtige Apotheke aufgesucht hat", Manfred klopfte Timm anerkennend auf die Schulter.

„Ja, waren ja auch nur gefühlte 1000 Apotheken, die ich aufgesucht habe."

Birger lachte, aber es strengte ihn sichtlich an. Manfred beschloss, den Besuch bald zu beenden.

„Herr Kommissar, ich weiß, dass mein Dad Ihnen zugesetzt hat. Sie dürfen das nicht persönlich nehmen, der ist einfach so. Manchmal bringt er Bundeswehr und Privatleben durcheinander."

Timm schaute Manfred gespannt an, weil er neugierig auf dessen Antwort war.

Der verzog keine Miene.

„Das habe ich gar nicht so empfunden. Da gibt es ganz andere Kaliber. Und er hat sogar Kampfflugzeuge aufsteigen lassen, um dich, um euch, zu finden. Das hat noch kein Vater bisher geschafft."

Birger setzte sich auf.

„Die haben wir gehört. Wir wussten natürlich nicht, dass die uns galten. Hätten die Aufnahmen der Kameras der Tornados zu uns geführt? Was meinen Sie?“

„Vielleicht irgendwann. Die Auswertung hätte noch ein paar Tage gedauert.“

Manfred wollte die anschließende Stille nutzen, zu gehen, aber Elias, der nachdenklich zugehört hatte, fuhr fort.

„Was ist das eigentlich für ein komischer Wald? Im Internet stand, dass dem Kerl der Wald gehört.“

„Seiner Mutter, ja. Es war das Erbe ihres Vaters. Er war lange Jahre verpachtet, aber der Pächter starb letztes Jahr. Na ja und dann kam der Schult auf dumme Gedanken. Dann hat er das Haus umgebaut.“

„Umgebaut ist gut. Das ist Pfusch hoch 10. Gibt es dort keine Spaziergänger oder so?“, fragte Elias.

„Kaum. Die Lage ist für Fußgänger zu uninteressant und für Jogger gibt es auch keine guten Laufwege. Im Spätsommer oder Herbst gibt es dort Pilzsammler. Aber der Pächter war ein... strenger Geselle. Der hat jeden verjagt, der sich dort aufgehalten hat. Es hieß, dass manchmal Kinder in den Wald gingen, als Mutprobe. Aber, ob die Kenntnis von dem Häuschen hatten? Das ist unwahrscheinlich, so versteckt wie das lag und so zugewuchert wie das war...“

Es klopfte an der Tür und Birgit und Ralf Dollinger erschienen. Sie hatten die beiden jeden Tag besucht, bis Elias sie entnervt heimgeschickt hatte. Er freute sich, wenn seine Eltern kamen, war dann aber auch froh, wenn er nach einer halben Stunde mit Birger allein sein konnte.

Manfred und Timm begrüßten die beiden und verabschiedeten sich direkt. Sie hatten noch einen weiteren Krankenbesuch vor sich.

49

Elias konnte sich nicht erinnern, wann sein Vater sich je einen ganzen Tag freigenommen hatte. Überhaupt und für ihn erst recht. Es fühlte sich seltsam an. Seine Eltern waren wie ausgewechselt. Natürlich war er auch nie zuvor ein Entführungsopfer gewesen, aber es fühlte sich komisch an.

Aber auch schön.

Als sich der Audi A8 dem Anwesen näherte, sah er schon von Weitem den Banner, den jemand über dem Eingang aufgespannt hatte.

‚Schön, dass du da bist, Elias‘

Der Schriftzug war geschmückt mit Blumen und Herzchen. Üblicherweise würde er darüber spotten, aber es war nichts mehr so wie üblich.

Vor der Tür warteten Agnes mit ihrem Bruder Achim und Elias' Freund Dominik.

„Damit hätte ich jetzt nicht gerechnet“, sagte Elias, als er ausstieg. Er kämpfte gegen die Tränen an.

Während seine Eltern sich im Hintergrund hielten, begrüßte ihn das Empfangskomitee. Auch Agnes hatte Tränen in den Augen, als sie ihn umarmte, Dominik ebenso. Achim begrüßte ihn mit einem festen Handschlag.

„Ja, mein lieber Elias, die Drei haben da eine Überraschung für dich.

„Überraschung? Wo?“

Die Drei grinsten. Achim machte eine Kopfbewegung, die in Richtung Terrasse deutete.

Elias schritt die Hausfront ab. Als der Blick auf den Garten frei wurde, stoppte er abrupt.

„Nee oder? Wie geil ist das denn?“

Achim hatte mit einem Kumpel auf Geheiß von Elias’ Eltern das Baumhaus in wenigen Tagen weitgehend fertig gebaut.

Es basierte auf einer achteckigen Grill Kota. Als Ralf Dollinger mit der Bitte an Achim herangetreten war, konnte der auf die Schnelle keine bessere Basis für das Baumhaus auftreiben.

Letztlich hatte der Bausatz sich jedoch als Glücksgriff herausgestellt. Die gesamte Konstruktion aus Polar-Kiefer verfügte über die Stabilität, die erforderlich war, das Haus in den Baum zu bauen. Es waren nur kleine Fenster vorgesehen, was dem Höhlencharakter, den Elias sich vorgestellt hatte, zugutekam. Zusätzlich war das Haus durch Balken, die schräg zu einer massiven Schelle am Baumstamm führten, abgestützt.

Elias ging schnellen Schrittes auf den Baum zu, in dem nun das Baumhaus thronte.

Er bewunderte es zunächst von außen und staunte, über die immense Größe.

„Dein Schlagzeug musst du aber selbst unterbringen“, witzelte Birgit Dollinger.

„Ich glaube, aus dem Alter ist er raus“, sagte Achim in einem zweideutigen Ton. Seine Schwester stieß ihm in die Rippen.

Elias stieg die breite Leiter hinauf.

„Die Leiter ist nur ein Provisorium. Da kommt eine

Wendeltreppe hin und wenn du willst, auch eine kleine Veranda. Das ist bei den Glamping-Baumhäusern auch so.

Elias drückte die Klappe im Boden auf, die provisorisch als Eingang diente, bis die Wendeltreppe installiert sein würde. Das, was er sah, war genauso, wie er es sich vorgestellt hatte. Die acht Holzwände waren mit einer lärmschluckenden Dämmung versehen worden. Darüber hatte Agnes edlen, grauen Stoff gespannt. Elias hatte irgendwann geäußert, dass er keine Holzvertäfelungen mochte. Agnes hatte darauf die Lösung mit den Wandbespannungen ins Spiel gebracht. Sie hatte noch daran gearbeitet, als Elias schon auf dem Weg heim war.

Die Deckenleuchte war nicht eingeschaltet, wohl aber die indirekte LED-Beleuchtung, die rings um die Decke angebracht worden war und das Häuschen in ein romantisches Licht tauchte.

Alle Kanten und Übergänge waren akkurat mit Chrom- und Edelstahlleisten abgedeckt worden, die perfekt eingepasst worden waren. In die Decke hatten die Erbauer Bose-Bluetooth-Lautsprecher eingelassen.

„Das ist echt Glamping. Krass."

Lange hatte Elias nicht mehr eine solche Begeisterung verspürt, wie in diesem Moment.

Die beiden Fenster hatten Vorhänge, wie sie nur eine Frau ausgesucht haben könnte, aber auch eine zusätzliche Jalousie, welche den Raum vollkommen ins Dunkel versetzen konnte.

„Du kannst dir dann selbst die passenden Möbel kaufen", rief Ralf Dollinger hinauf

„Ein großes Bett langt erst mal vollkommen", sagte Elias grinsend, ohne dass die unten Wartenden ihn hören konnten.

Elias stieg hinab und bedankte sich bei seinen Eltern. Als er sie umarmte, drückte er sie so lang und fest wie wohl noch nie zuvor in seinem Leben.

50

Jan war erst am Vortag von der Intensivstation auf die Normalstation verlegt worden. Ihm war die schwere Verletzung anzusehen. Er lag mit leicht erhöhtem Oberkörper im Bett. Aus seinem freien Oberkörper führten Drainage-Schläuche in Beutel, die seitlich am Bett hingen.

Die Jalousien waren herabgelassen worden und die Lamellen schräggestellt, sodass nur ein fahles Licht den Raum erfüllte. Das Fenster war gekippt, aber die Luft war dennoch zum Schneiden stickig.

„Guten Tag, Herr Kollege. Wir wollten nur mal schauen, ob du noch lebst."

Timm fror das Lächeln ein, als Manfred das sagte.

„Klar, lebe ich noch. Nächste Woche bin ich wieder fit."

„Das ist ja eh klar."

Manfred zog sich einen Stuhl heran und setzte sich neben das Bett. Timm blieb dahinter stehen.

„Du bist der Timm, gell?", fragte Jan und reichte ihm die Hand.

„Genau ja. Wie geht's denn heute?"

Timm deutete auf die Drainage.

„Alles halb so wild."

Manfred schüttelte den Kopf.

„Viel von dem roten Saft war nicht mehr übrig, als du hier eingeliefert wurdest, oder?“

„Doch klar. Ungefähr drei Liter waren es noch“, Jan versuchte zu lachen, aber es schmerzte noch zu sehr. Er fasste sich an die Stelle, wo die Schläuche aus seinem Körper austraten.

Manfred wusste um die inneren Blutungen, vor allem an der Niere, die während einer sofortigen Notoperation hatten gestillt werden können.

„Das nächste Mal nimmst du uns mit, okay?“

Jan nickte.

„Das war nicht meine beste Idee, was?“

„Solange dir das hier als Warnung reicht, brauchen wir ja darüber nicht mehr zu reden.“

Jans Augen glänzten. Er kämpfte mit aller Gewalt gegen die Tränen an.

„Cool, war es dennoch“, sagte Timm, „also ich meine das alles so. Ihre Verletzung natürlich nicht.“

Die Tür öffnete sich und Joshua trat ein. Er strich Jan über die Schulter, als er ihn begrüßte und lehnte sich an die Fensterbank.

„Du hast doch was Neues erfahren, das sehe ich dir an der Nasenspitze an“, sagte Jan.

Joshua zögerte zunächst.

„Du Fuchs. Tja, sieh zu, was du hier rauskommst. Die Pflicht ruft.“

51

Birger steigt vor mir die Leiter zu meinem Baumhaus hinauf. Es grenzt an ein Wunder, dass ich nicht daneben trete, habe ich doch nur Augen für ihn und im Moment für seinen knackigen Arsch. Ich bin in diesem Moment ganz froh, dass Achim die Wendeltreppe noch nicht installiert hat. Mein Arsch ist auch ganz ok, aber nein, da kann ich nicht mithalten. Verstecken muss ich mich und meinen Hintern auch nicht, aber das ist dann doch noch eine andere Liga. Mein bestes Stück drückt in der engen Jeans und kann es kaum erwarten, endlich befreit zu werden. Nun steht mein Traummann, mein Freund Birger, in meinem Baumhaus und sagt kein Wort. Er schaut mich lediglich an, mit diesen wahnsinnigen Augen, die mich fast um den Verstand bringen. Ich bin überhaupt nicht nervös, dabei hatte ich mir immer erwartet, dass ich super aufgeregt sein würde, wäre ich einst endlich mit Birger allein. Also allein war ich schon mit hübschen Männern, aber das war etwas anders. Erotik war das nicht, das mit dem ‚Bremer' erst recht nicht. Ich habe sogar schon wieder dessen richtigen Namen vergessen. Das ist jetzt anders, es ist so heiß, dass ich befürchten muss, dass das Baumhaus sofort in Flammen aufgehen könnte.

Er fixiert mich und ich befürchte, dass ich verlegen werden könnte. Verlegen, ich? Guter Witz! Er zieht das enge Shirt hoch, stülpt es über den Kopf und lässt es am ausgestreckten Arm auf den Boden fallen. Ich gehe nur einen Schritt auf ihn zu und er zieht mich sofort an sich heran. Ganz fest drückt er mich an sich. Sein Oberkörper ist so straff, dass es sich fast anfühlt, als drückte mich jemand an eine Betonwand.

Ich spüre Birgers Penis und er müsste meinen Knallharten eigentlich auch bemerken können. Es ist, als glühten unsere Lenden. Birger löst sich etwas aus der Umklammerung. Oh wow, er geht vor mir auf die Knie. Er streichelt meine Beule und schaut mich von unten mit seinen wahnsinnig schönen dunklen Augen an. Mein Schwanz pocht. Birger küsst meine Beule ausgiebig. Ich hoffe, dass er ihn bald auspackt, sonst drehe ich durch oder spritze direkt ab. Jetzt öffnet Birger den obersten Knopf. Stück für Stück arbeitet er sich bis zum untersten Knopf vor. Er zieht die Hose etwas auseinander, gerade so weit, dass er meinen Schwanz mit seinen Lippen durch die Lacoste-Pants berühren kann. Mein Penis ist jetzt so hart, wie er wohl noch nie war. Es beginnt langsam zu schmerzen. Ich bitte Birger ihn auszupacken, er zieht meine Hose herunter und steht auf, damit er mich küssen kann. Es saugt so heftig an meinem Hals, dass mir ein Knutschfleck sicher ist, aber es juckt mich nicht. Er greift um mich und steckt seine Hände in meine Hose und greift nach meinen Arschbacken. Sanft massiert er sie und dann…

…dann schließt er die Jalousien und wir sind endlich allein in unserem

Baumhaus.

ENDE

*

Danksagung

Ich bedanke mich bei allen Leserinnen und Lesern, die mir als Debütanten eine Chance gegeben haben.

Außerdem möchte ich die drei Autoren nennen, die mich inspiriert oder mir gar aktiv geholfen haben.

Kai Brodersen
Noah Uphoff
Rhys Everly-Lawless

Ihre Bücher seien an dieser Stelle wärmstens empfohlen.

Übersicht der wichtigsten Personen

Kripo Augsburg

K1
Kriminalrat Christoph Ederer
Kriminalhauptkommissar Joshua Laurenz
Kriminalkommissar Jan Sichler
Kriminaloberkommissar Manfred Krüger

Frank Neumann, Spurensicherung
Jonathan Zöllner, Computerexperte
Staatsanwalt Andreas Miller

K2
Kriminalhauptkommissar Sebastian Bär
Polizeimeister Timm Herzog
Polizeimeister Fabian Hagen

Familie Dollinger
Ralf, Elias' Vater
Birgit, Elias' Mutter
Elias
Agnes Hagen, Wirtschafterin
Achim Hagen, Halbbruder Von Agnes

Dominik, Bester Kumpel Von Elias

Familie Heiß
Oberstleutnant Wolfgang Heiß, Vater
Roswitha, Mutter
Birger, Sohn
Femke, Tochter

Familie Ahlberg
Ignatz, Verstorbener Vater
Magda, Mutter
Sören, Sohn
Lena, Tochter